云南省文艺精品创作专项扶持项目

·献礼新时代 长篇文学作品·

入乡问山录

——群山匍匐

窦红宇 著

云南美术出版社

入乡问山录——群山匍匐

入乡问山录——群山匍匐

RUXIANG WEN SHAN LU
— QUNSHAN PUFU

目录

《入乡问山录——群山匍匐》之一：

PART 1 肥猪拱门

吉日生财猪拱户，新春纳福鹊登枝。

——题记

一

那天处理牛。牛在前面走，牛美丽在后面哄。牛不走，牛美丽就用白菜心喂。喂几口，又走一程，喂几口，又走一程。山梁子又险又陡，盘在眼前的老鹰垭口高得摸着了云彩，在头顶飘啊飘啊，像是要把祖祖辈辈长在那儿的石头、长在那儿的土、长在那儿的一草一木和神灵，兜天兜地朝她倾倒下来。脚下的金沙江细得像根线线，感觉走到哪儿，都是被压在心头的那股愁气，缠啊绕啊，怎么挣，都松不开。这一回，怕是要老命了。

牛又不走，回过头望着她。三个邻乡买牛的汉子只好又把两指粗的麻绳套在牛脖子上，一会儿头前拉，一会儿屁股后赶。牛美丽心疼得眼泪在眼眶眶里打转转。忙赶几步，对他们说，山梁子太大，牛走不动了，你们也歇一阵，等我跟它说两句话。

牛美丽又把白菜心凑到牛的嘴边，老牛见了她，也不动嘴，只有眼睛湿漉漉的，像是看着她出嫁的老父亲。心里一阵悲，忍不住，说："老牛啊老牛，不是我们狠心，是我们要搬家进城了，人家不准你去，实在没有办法，才把你卖到山下的村子里的。山下的人家好，答应买你去，是去犁地的，不是宰了你吃肉的，地又平，你犁地又不费劲，样样都好，比跟着我们日子强。"说着说着，就又流下泪来。

三个汉子见了，都感叹，说："婶子呀，你这是卖牛，又不是卖闺女，你这样跟着挂着，叫我们咋赶它走嘛，山又大，路又远，梁子还要翻好几个呢。”

牛美丽不管，只盯着老牛的眼睛看。那牛好像突然间听明白了，一仰头，“呼哧呼哧”喷了几口粗气，低头吃将起来。等把那白菜心吃得只剩下光杆杆了，才使劲摇摇头，蹄子一刨，喧铃而去。

牛美丽又忙跟着，翻过了两道梁子，又悲又累，走不动了，只得远远看着。那牛在转过最后一个路口时，好像还回头看了她一眼，好像，还冲她轻轻笑了一笑。

干脆，一屁股坐地上，哭得满天满地都是鼻涕眼泪。哭着哭着，遇上了刚刚处理完羊回来的孙芬芳和杨山茶。三个婆娘，就又相拥着，痛痛快快哭了一场。

后来，要处理猪，这就要了牛美丽的老命了。

怎么说呢？“猪要养，人要莽”，老鹰垭口家家会说的这句话，猛一听是说养猪的事，等静下心来墙根脚一蹲，纳着鞋底细细挣扯，使力想想，又觉得，好像不单单是说猪的事，好像更多的，是说人的事。

就是说，你只有养好猪了，你只有一年到头把你家猪圈里这四五六七八头猪养得又肥又膘，你这人，在老鹰垭口才挺得起腰杆来，才硬气，才阔，才歪，才能神头二五到处杵天砸地到处花麻撩嘴到处喝酒吃肉……莽，在老鹰垭口，家家户户都是眯起眼哼着说的，“莽”就是“莽嘟嘟”的意思，就是有本事的意思，就是有钱吃得开的意思……反正，“莽”这个字，是老鹰垭口家家户户每天都要哼上几遍的，是老鹰垭口人人都想要巴求的。

反正，多少年了，养猪，成了老鹰垭口特别重要的事，天王老子都惹不起。

为什么？村主任任老侃开会就说，因为穷嘛。山老高八高，沟沟箐箐老深八深，除了石头到处乱长，这山上，一样狗屁都长不出来。这地里，只种得出点苞谷，只刨得出点洋芋，一年到头，你要是不养窝猪，油盐钱都讨不来。村主任任老侃紧接着说，你要是不养窝猪，怕是媳妇都讨不回来。养猪，就是等于给自己养了个媳妇。

就有人开玩笑，朝主席台上问：“那，任老侃，讨个媳妇回来，又做什么？”任老侃愣了愣，说：“讨个媳妇回来，养养……养猪！”

牛美丽她们就恼起来，拿着任老侃骂，说任老侃：“你媳妇才是猪呢。”杨山茶也不饶，说：“任老侃，怪不得家家媳妇都往山外边跑，独独你媳妇不跑，原来你是把她当猪养起呀！”孙芬芳也插一嘴，说：“就就……就是！养猪要是能挣钱，老鹰垭口的女人还会一个一个跑了追不见影子？我看任老侃，你就是老母猪拱洋芋，凭个嘴硬。”

任老侃脸上挂不住，一下子变得丧垮垮的，像一锅隔夜的猪食，冷巴巴硬邦邦绷起。说：“哎哟哟哟哟，哎哟哟，婆娘些，你们不是女人？”

牛美丽一听，嗓门大起来，说：“任老侃，都那么大把年纪了，你还让我们这些老娘们猪鼻子上插葱，装大象呀！”杨山茶声音更大，说：“任老侃，老娘们当年也是一棵棵水灵灵的新鲜白菜，都是被猪拱了。”

任老侃一声骂起来，说：“牛美丽、杨山茶，我看你们就是一堆烂白菜！”接着，顿了顿，又说孙芬芳：“孙芬芳，你什么狗屁渣渣都不懂，我看，你也就是老母猪跟着狗叫唤，乱咬乱啃乱起哄！”

大家“轰隆隆”一声笑起来，像个炸雷，顺着门口的箐沟朝对面的梁子上爬。婆娘们也跟着笑，笑着笑着，刚才一肚子的别扭牢骚，就像猪尾巴栓豆腐，提不起来了。

最后，还是听任老侃的。任老侃使力咳了咳，理了理嗓子，说：“反正，你们家家户户，统统都得给老子把猪养起来。养，养养养，反正，养得越多，你们那日子，就是老母猪坐飞机，美上天了。”

不过，这半把年，任老侃改口了，不说养猪的事了。

为什么？还不是因为穷。

你们可能不知道，其实细细考察一遍，就会发现，老鹰垭口这个地方，要比任老倔说的，还要穷上一百倍。开门就是山，那山根本就不是任老倔说的那种老高八高。那山是陡，陡到什么程度？告诉你，马见了都怕，爬一遍，都要累得趴在地上，呼哧呼哧喘大气，连草都不吃。任老倔那是轻描淡写，那是住惯的山坡不嫌陡。

陡还不说，还喀斯特，山上乱石横锁，快到山脚时，又都变成了碎石子，当地人叫滑脚石，梭坡石。一个不小心，连人带马，就要跌到金沙江里去。多少年来，老鹰垭口，鬼才知道跌死了多少马多少牛，只记得吃死马肉死牛肉时，个个神情哀恸。

还有，任老倔说的地，其实也不叫地。地都被到处乱长的石头分割了，小块小块的。就拿牛美丽家来说，有三百多块地，每块地，大的，种得下十几棵苞谷，小的，种得下两三棵。土薄，有些地方，望着宽点，你一锄头挖下去，就碰着了石头，火星子乱冒，连洋芋都种不出来。

没有办法，扶贫工作队队长在村里转了一个月，也找不着一条脱贫致富的思路，愁眉苦脸，语重心长，眼巴巴地对任老倔说："看样子，我得进趟城，把你们这儿的情况汇报上去。"任老倔一听，高兴得要老命，头点得跟一路小跑样的，说："要得要得要得，我们这儿，还从来没有被汇报过呢。"

工作队长去县城汇报了三天，没有想到的是，回来后口气就变了，对任老倔说："你们这儿不用再自己想办法找出路了，领导们指示，你们这儿最好的出路，就是搬迁，把山里住着的一半人，搬到城里去。"

那时，刚刚跨出三月的门槛，花开得好，到处红红绿绿、嫩生生的。任老倔正在指挥大家抬电杆。听见那队长的话，任老倔心里晃了晃，大伙跟着站不稳，大半个村的劳力被一根电杆"哗啦啦"全压趴下了。

二

日子像风一样，一扯一荡就刮过去了。

一进腊月，老鹰垭口就要搬一半的人。搬去哪儿？县城。说是今年过年，要搬进县城新房子去过。

县城呀，我老天。任老侃被扶贫工作队长用小车拉着去瞧过一趟，回来后，想法念头全变了。一家一家挨着侃，说：“我老天，不得了了不得，住的地方，名字叫小区，一幢挨着一幢的楼，高得你只要敢抬头瞧，帽子肯定就要掉，头肯定就要晕。政府盖的，一家分一套一家分一套。”紧接着，他就侃起了县城的路，说：“我老天，不得了了不得，全是大马路，平得你就是在上面边走边睡觉，也不会跌跤。平得就像你家的床，爱怎么伸腰撒胯就怎么伸腰撒胯。”

那时，家家户户都盯着他，不出气。

任老侃一瞧，气不打一处来，大喊：“把你们一个一个脓包得，放心，进城到处都是活计，政府早就帮你们想好了，日子比你们窝在这儿，强一百倍。”

那几天，牛美丽的脸，像被小刀似的北风硬生生割着，又冷又紧。她才不管搬进城后的日子，她还没有想那么远，她是挂着她养的那几头猪呢。

猪怎么办？按照任老侃的说法，进城前要全部处理掉。怎么处理？这一回，比牛容易，政府出钱回购，价格要比自家拖去卖还划算。就是说，你只要把你家的猪拖出猪圈，检疫完，再拖到村口的大卡车上关起，就可以往口袋里数钱了。

任老侃在村里吼：“这还有什么好嚼筋的？政府给你兜着底呢，至于大牲口，牛啊马啊，不搬，能卖的卖，不能卖的，全部集中起来，关在大冲沟统一饲养。等养肥养膘了，你想怎么卖就怎么卖。”“地？地你搬得动？”任老侃一下笑起来，说：“地嘛，等搬进城再说。你们要是还想种，等搬进城了，你们又从城里回来种，想怎么种就怎么种。”说到这儿，任老侃又补充一句，说：“平时看着一个个懒得跟猪样的，怎么这节骨眼上，还要种上地了？还要养猪养牛养马了？把你们勤快得。搬家搬家搬家，搬进城里，你随随便便干个活计，你就是端个盘子扫个地，跟你们说，都要比在这山包包上刨食强。”

牛美丽家的猪，是悄悄挨到最后一天，才绑上大卡车的。怎么说呢？她家老母猪不争气，在这节骨眼上，生了窝小猪。老母猪产仔，要在平时，在哪家都是大事，都要摆开阵势，都要请乡上的技术员来看看，来数数，一只都不准少，一只一只，都要打预防针。之后，都要摆桌酒，请乡上的技术员，美美喝上一顿。

往年这种时候，牛美丽心里是最美的，“噼噼啪啪”欢着，像是在家门口炸了串炮仗。一会儿给老母猪添盆热乎乎的猪食，一会儿给乡上的技术员抬锅焖得白花花的洋芋。要忙到晚上，要听着小猪仔拱老母猪的声音，才睡得香甜。

今年不同了。今年要搬家，要进城，大小牲口一个不准养，这不是要绝了老鹰垭口的种么？牛美丽心里不舒服，哭了好几天。

她男人叫郑贵贵，劝了又劝，说：“你这个婆娘，你哭个米线！进城还不高兴？也是你有福气，跟着我郑贵贵赶上了，祖祖辈辈，哪个不想进城享福？哪个又进了城了？城里白花花亮闪闪的，政府还给大房子住，哪处不比这山沟沟里强？”牛美丽不得，抢白说道：“白花花白花花，我看呀，你这个老扁担，就是挂着城里那些白花花的娘们。”郑贵贵一愣，脸憋得黑黑白白的，说：“我看你这个婆娘，就只认得面前这几头黑麻麻的猪了。”

牛美丽一掀猪食瓢，不行了，她要去找任老侃，论论这个理。

任老侃在处理他的蜜蜂。具体说，就是用半稀不干的牛屎，混着柴灰搅了拌了，把他的十几个蜂箱，在漏风漏雨处，细细敷抹一遍。这样，蜂箱就牢实了，就能又让蜜蜂好好住一年了。见到牛美丽的时候，任老侃身上套了个罩子，像穿了件盔甲，上面有蜜蜂在上面爬。任老侃指着她喊：“站远点，小心蜂子叮着。”

牛美丽怕，只得远远站着。

任老侃点着了火草，往蜂箱里用火烟熏，不一会儿，一蜂箱的蜜蜂就被熏出来了，也不乱飞，停在他身上爬，像群听话的娃娃。看熏得差不多了，任老侃又趴在地上，往蜂箱口看，用一把小刷子，一遍一遍往里面刷。说：“想吃蜂蜜，要等明年秋天了。猪啊牛啊不准带进城，我这十几个蜂箱，更不准带。”又说：“算算，一年也是要挣一两万块钱。”接着叹了一声又说：“唉，算球了，就留在老鹰垭口，当野蜂儿了，让天养去。”

牛美丽心里，打了个绊绊，一软，嘴就张不开，更想不起来自己找任老侃干啥子？就呆呆站着，半天想出一句，说：“我不是来……我不是想吃蜂蜜。”

任老侃不理她，只管挑起牛屎往蜂箱里敷。等敷得差不多了，又站起来，抱来晒干了的草和树叶子，轻轻撒在蜂箱周围，说：“蜂儿最怕雨水了，有了这些叶子啊草啊，大雨一来，可以当船使，蜂儿叮在上面漂，救它们。”

后来，任老侃拍拍身子，回屋里，拿了一瓶硬邦邦的蜂蜜，硬往牛美丽手里塞。牛美丽不要，两个人推来挡去，像是打架。任老侃一使劲，连蜂蜜带人推了出去，说：“走，走走走，你们那猪，就当我对不起你们了。”

就扔也不是，留也不是。牛美丽捏着那瓶冰凉凉的蜂蜜，眼泪又起，愣巴巴看着任老侃裹紧棉袄，关上了屋门。

那天晚上，她狠狠心，把任老侃给的蜂蜜，撬了半瓶，同郑贵贵，一勺一勺干吃起来。

她还是悄悄留下了一头小猪仔。一方面，是瞧着它可怜。去拱老母猪的奶，好几次，都被它那五六个兄弟给挤了出来。体弱，晃荡晃荡就趴在地上，脚往后刨得黄灰冒，就是站不起来。急得牛美丽每次都要亲自抱着，把它的嘴塞到老母猪的奶头上。

另一方面，是这猪的种不一般，叫乌猪。听乡里的技术员说，这是叫什么杜洛克猪的，同本地的黑毛猪配的种。肉质偏瘦，好吃，香，比一般的猪贵好些价格。牛美丽往年不信，只管养自己的黑毛猪，直到被孙芬芳家的大乌猪一屁股甩了坐地上，才服了软，忙赶着自家的老母猪翻山越岭往配种站跑。

那天一出门，太阳老高八高趴在山尖尖上，晒得路滚烫。难走，有好几次，牛美丽都想回了。可一瞧那老母猪，就像知道自己要去配种样的，那脸，红扑扑的。那屁股，一扭一扭的。那声音，一哼一哼的。那尾巴，一甩一甩的。喜气着呢。牛美丽“噗哧”一声笑出来，骂了一句：“认不得羞。”就随了它，也一扭一扭往山上爬。

好了，不说了。就等着进城了。

腊月十八，好日子。一大早，任老侃把自家的一头大肥猪杀了，村里来了十多个帮手，刮毛的刮毛，剖肚的剖肚，一锅一锅的烫水往猪身上倒，一头猪被小伙们打整得光溜溜白生生的，冒着油淋淋的热气。老鹰垭口，也显出了久违的生气。全村人都聚拢来，围着那几口热乎乎的大锅，好像把这一个冬天的暖，都围在了中间。

又都不说话，静得连猪身上的哪根毛被拔起，都听得见。好像心里在下着鹅毛大雪，好像把这一个冬天的沉寂，都静悄悄从心里过了一遍。

牛美丽忍不住，冲刮猪毛的小伙开了句玩笑：“瞧你们这样子，这哪是刮猪毛呀，你们这样子，是在给新郎官剃胡子呢。”大伙终于咧开了嘴，那笑，终究还是勉强，不像从前了。

任老侃扣着风纪扣从自家院门出来，瞧见门口聚了这一堆人，趁机宣布两件事。任老侃说：“瞧把你们一个个馋得，都是三四个月没见过新鲜猪肉了吧？告诉你们，这猪是我家的，我把它杀了，今晚，请全村人吃一顿，一个都不准少。第一，这是我任老侃自己掏的钱，再穷，我们大家伙离开家之前，也是要吃一顿肉的。第二，明天，要来好多人，大大小小的领导，大大小小的什么记什么者。你们什么都不要管，只管给老子在家待着，不准哭，不准闹，要高高兴兴的。政府已经说了，要来给我们照相，各家各户招呼拢自己的人，一家一张。照的时候，给老子拿出吃奶的力气来，咧开嘴巴子，使力笑。”

这一天是怎么过来的？牛美丽记不得了，还不算太远的日子，牛美丽后来想起来，只记得自己在家收拾要带进城的衣物。收一样，哭一样。郑贵贵见不得，又骂起来，说：“你哭个米线！记者都进村了，在挨家挨户照相呢，等一下要是照着你哭，你还想吃晚上的红烧肉？你还不去把你那头猪仔，给找个地方严严实实藏起，要是被瞧见，你就是‘老婆娘赶街撞在大树上——鸡飞蛋打’。咱们进城见了人，怕是都要矮三分。”郑贵贵想了想，一下又恼起来，说：“我说你这婆娘，你都要进城了，住那个什么小区了，你还带着头猪做什么？”

牛美丽忙去看猪。老宽八宽的猪圈，变得空荡荡的，只有那头小黑猪，躲在猪食槽后边，满眼睛都是亮闪闪的光。牛美丽又流下泪来。

猪圈里，牛美丽是见了什么，都要淌眼泪的。见到猪食槽，她淌。见到切猪草的机器，她淌。见到那些已经败了叶的猪草，她淌。还有半盆苞谷面，她也淌。淌着淌着，突然想起了什么，忙着端起苞谷面，抬起昨晚就切好的一锅还算新鲜的猪草，进了灶房。

等把那小黑猪喂饱，用篮子封死，藏进猪圈的山墙洞里，家里就来人了。是来照相的，牛美丽又慌着忙着从里屋扯出两个儿子，又往男人郑贵贵身上套了件半新不旧的衣裳，就站在了她家的房门前。

后来，牛美丽常拿着那张全家福看，心里懊恼死了。就怪郑贵贵，说郑贵贵这个老扁担，也不想着扯她一把，第一次全家人在一起照张相片，还让她系着个围腰。

不过，全村人在一起照的那张好。本来人就不多，五六十个，被人家摄影师一指头就按在镜框里。个个都精神。只不过，那会儿，牛美丽听见她家的小黑猪一直在叫，心慌得很，照片上，好像都看得出来。

三

说走就走了。大客车排成一条弯弯曲曲的线，在山脚下等，他们大清早从山梁子上走了出来。

梁子窄，队伍就变得长。大冷天，下过霜的土地光秃秃的，湿滑而又荒凉。家什多，路走得慢，口中呼出的热气，变成一团一团的白，让背后的山显出无尽的落寞。大家就想哭，有的人，已经流出了眼泪，被任老侃一声吼住，憋了回去。任老侃说：“大喜的日子，那么多领导记者看着，别咱老鹰垭口的好事情，被你们一股猫尿，整臭整黄了。”

就想唱几句。有几个，已经哼出了调调：“山路长来么山路弯，山路上的草草绊脚杆。妹子要想去城里么，跟着哥哥我绕弯弯……”又唱：“一进东门十字街，椽子连瓦瓦连街。椽子连瓦分得掉，我挨小妹分不开……”又唱：“郎二十来妹十九，妹妹我们往县城走，妹背背篼郎牵狗，你说合手不合手……”唱着唱着，不知为什么，又个个闷起头，不说话，就像太阳钻进了云彩，唉声叹气的样子。

任老侃忙吼：“唱啊，唱呀，怎么又没有声气了？你们瞧瞧你们这副鬼样子，上山送葬跳丧的，都比你们强。这哪儿是进城享福嘛。要在过去中华人民共和国成立前，哪个不是把你们往山上赶，哎哟哟，现在国家强了，日子好过了，接你们进城享福去了，你们还一个个唉声叹气的，你们这不是吃人又羞人么？统统都给老子把脸扯开笑起来，领导记者们都在山脚下等着呢，要是瞧见你们这嘴嘴脸脸，扣你们城里的补助。”

队伍里就有人说：“唉，任老侃，你就别吼了，省省力气。再怎么说，我们这也算是背井离乡了，哪个离家不心慌呀？这一去，就不回来了，就连山，都心慌呢。任老侃，你不慌？”

任老侃一听，好像也跟着慌起来，再不说话。

最慌的，是牛美丽。一大早起来，硬生生弄个不大不小的篾竹篮子，把小黑猪塞进去，又想想，觉得不稳妥，忙在篮子上里里外外用碎布盖上。又怕不透气，憋着猪，找来剪子，剪了个锤头大小的洞洞。才放心，才长舒一口气，一伸胳膊挽起来，出了门。她男人郑贵贵见了，没来得及骂，只边走边说：“我看等人发现了，扣你城里的补助。”

牛美丽就躲着人走。其实那也不叫躲，也就是藏在她家的堂屋大柜后面，跟着走。那堂屋的大柜是新买的，油漆刷得又厚又亮，大红大绿的，由两个进城打工的儿子一人一头挑着，牛仔裤、旅游鞋，牛美丽觉得又稳又配。

只是那小黑猪一路在乱动，牛美丽只好走一阵，又偏着眼睛瞧瞧，走一阵，又瞧瞧。心里乱作一团，想：“小黑呀小黑，你可别出声气呀，你要是一出声气，我们家进城的补助怕是就要着你扣完了，到时候，没钱了，你喝西北风去。”

还好，下山的路不长，没多大一阵，就瞧见大客车了。

突然间，炮仗在山谷间炸了起来，响当当的。大客车顶上的大喇叭里，响起了震耳欲聋的歌声。好听，都是电视上春节联欢晚会听过的。那场面，就像过年了。

一到跟前，涌出来一批人，嘴里说着啥，炮仗声太响，听不见。不容分说，就往他们身上披红绸带，一人一挂，跟立功授奖一样。孙芬芳落在后面，没挂着，还急得跟丢了钱包似的。

小黑猪叫起来了，还好，已经上了车，炮仗声和喇叭声太响，大家又忙着抢位子找地方坐，根本听不见。

牛美丽这回乖，不跟人抢，找了最后一排，把猪笼子放在座位下，用脚拢着，谁都发现不了。抽空，她还朝那锤头大的笼子眼眼瞧了瞧，就瞧见小黑猪睁着亮闪闪的眼睛，瞧着她。

一路走，一路炮仗，一路喜庆的大喇叭歌声。有人哭，有人啃洋芋，有人吐，有人不停摆故事，还有人开始盘算进城后的日子……晕乎乎在山里高高低低颠到下午，就看见县城了。

任老侃指着山下那些朝他们伸过头来的楼，大喊：“我就说嘛，你们大家伙的好日子，就要来了。”

县城，在牛美丽越来越接近它的眼神中，突然间张开怀抱，龇牙咧嘴开来。

小区门口，广场上，二十多面大鼓依次排开，敲得震天响。到处是声音，到处是跳跃欢呼的人群。红绸翻舞歌声如海，炮仗炸了一串又一串，吉利话说了一筐又一筐。好像这不是搬新居，而是要送亲人上战场。

牛美丽她们偷眼瞧瞧，果真，村里很多人，脸上都浮闪着一种又兴奋又害怕的神色。个个都心慌，都在想，天哪，这日子，今后咋个过？牛美丽又忙朝猪笼里瞄瞄，小黑倒是乖，就跟知道自己的命样的，睡着了，不敢弄出一点声音。

就被人引领着，来到一幢大楼跟前。迎面就瞧见墙上写的几个大字——老鹰垭口楼。莫名其妙，一堆人的心狠狠松了下来，好像有这几个字在，家就还在。好像那些被炮仗渐渐炸远了的日子，又都会慢慢回来了。就有人数楼层，开始比，说，瞧瞧，我们老鹰垭口这楼，就是比东山口村的高呀。有人接着说，也比南山口村的高呀。

任老侃跑前跑后忙，听见了，接过话来，说："高高高，老鹰垭口的山最高，你们还没有高怕了呀！"

就有人问："任老侃，地倒是平生生的，可以抖铺睡了。可到处都是水泥，连块土都瞧不见，这日子，今后，怎么刨食吃？"任老侃说："土土土，我说你们就是土！告诉你们，今后，不在土里刨了，在厂里刨。"

还是听不懂任老侃在说啥子话，很多人的话里，就带上了责怪，就问："任老侃，你在村里是主任村长，现下子老鹰垭口都不见一半人了，你咋还神头二五唬头唬尾的？"任老侃一听，"哈哈"笑一声，指着眼前的高楼说："又让我当楼长了。"接着又说："你们以为我愿意当啊？"

大家都觉得好奇，就都去拿着楼瞧。瞧着瞧着，像是瞧出了蹊跷。有人问："任老侃，这楼老高八高，我们咋个住嘛。"还有两个老人说："任老侃，前几天分房子，我们说我们老了，住低点，你硬是要说抽签。这下好了，我抽着二十一楼，你要我们今天就爬死在你面前？"

任老侃鼻子朝天一翘，说："笑话，都什么年代了，还让你爬？坐电梯，坐电梯坐电梯！"

后来又等县扶贫办的领导来讲了话，来宣布了一家一户住的楼层、房号，又等副县长来一家手里发了一把一人多高、结着大红花的钥匙，又眼巴巴瞧着他们都上了小车，都一溜烟拐个弯不见了，个个肚子才"咕嘟咕嘟”叫起来。想瞧瞧日头，一抬眼，瞧见的都是楼，不知早晚，就都拿着任老侃问：“任老侃，接下来，该干啥子嘛？大官都走了，你这个楼长，怕是该告诉我们怎么整吃的了。”

任老侃一听，一声令下：“坐电梯坐电梯，各回各家，各家自己认准自家的门牌号码，自家煮饭吃，自家抖床睡。”

就都往电梯里挤，先挤进去的，都坐了下来。牛美丽她们没处坐，只好站着。大家都说：“坐电梯坐电梯，任老侃吹牛不打草稿，这电梯，坐不下几个人嘛！”

正说话呢，电梯狠狠一震，“嗡嗡嗡”往上挣。大家伙心里一震，一堆地往地上趴。个个在里面吼：“头晕心慌得很，连个抓挠处都没有。”

四

人都好。牛美丽家，住在七楼。每天早上推开窗望出去，再没有山挡着，一口气，可以望出去老远。一直望到她们走出来的那座山脚下。

那儿是一片建筑工地，盖房子，跟山比起来，那房子虽然天天在长高，但在牛美丽的眼睛里，就像个挂在腰杆上的玩具，风一起，随时都要被吹得飞扬起来。

每天，都有一层薄薄的雾，绕着工地转，轻巧得很，像城里的婆娘走路，又好看又婉转。太阳光一照，就有了光岚，蓝一层紫一层的，像城里的姑娘身上披着的纱巾。每到这种时候，牛美丽的心里就长满了一种说不清道不明的东西，痒痒的，在身子里爬。她知道，自己家两个儿子都在那工地上干活呢，虽然一个十八、一个二十，岁数小，但每个月，都能挣个三千两千的。她知道，搬进城了，自己家两个儿子就有家了，再不用风里雨里住这住那了。自己家两个儿子一定会给自己家带回两个轻巧好看的媳妇的。

每到这种时候，她就会情不自禁，扯起郑贵贵，说："老扁担，你信不信，我们一家子，日子会越来越好的，说不定，老大老二，一人都能买一套房子，生一堆娃娃。"

可是，猪怎么办？总是一说到这儿，郑贵贵就甩开牛美丽，指着已经开始长身体变得愣头愣脑的小黑猪说："你先把这小狗日的处理掉，再来说日子。"

是啊，猪怎么办？一离开七楼的窗口，牛美丽胆子一下变得小起来，跟着郑贵贵犯起了愁。这地方，毕竟是城里，是居民，小区。三天两头发告示，往墙上贴红纸，不准这样，不准那样的。牛美丽又不是不识字，初中毕业，样样看得懂。

看得懂，就知道这城里规矩讲究多，光讲究卫生这一条，就列了十多样。什么树叶子要修剪得一样整齐，什么草地上不准乱踩乱踏，什么小区地面要干净得看不见一个烟头和一点点垃圾，不准随地大小便，不准随地乱扔乱丢乱养……最重要的是，不准在家里养大小牲畜……一旦发现，牲口没收，并根据牲口的大小，罚款一百到五百不等。

天哪，牛美丽想，也就是说，如果人家知道她牛美丽家偷偷养着头小黑猪，不知道已经罚了多少个五百了。牛美丽心里怕得很。

可转念一想，牛美丽心里又不怕了。不仅不怕，有时候在家里，还理直气壮。她想，牲口也是一条命，把牲口养活养大，从来都是咱农村女人的本分，就跟把两个儿子养活养大样的，就跟天天在家操持家务样的。你一个女人，要是连猪都不养了，不剐猪草煮猪食了，家里每天早晨不端出个热气腾腾的猪食盆来了，怕是就算不守妇道了，怕是连你自家的男人都不会饶过你了。

可又怎么养啊？从养猪这方面说，这城里，根本就来不得。

那天，等欢迎完，牛美丽拿着副县长发的钥匙一打开家门，天哪，那地板铺得亮闪闪滑溜溜的，那墙刷得比女人的肚皮还白。到处都是新崭崭光鲜鲜的，就找不着把小黑猪放下来的地方，只好提着猪笼到处瞧。

先是放在客厅。一打开盖在笼子上的布，还没等稳当，就见小黑猪撒开蹄子拖着笼子到处跑。地板滑，猪蹄子在上面只会打跄跄，小黑猪左刨右刨，最后，终于撕开嘴，叫了起来。把牛美丽吓得“咣当”一声，关死了门。一叫唤，好像把这一天的委屈都叫唤出来了，屎屎尿尿，跟着喷了出来。郑贵贵就骂，说：“牛美丽，这到底是家还是猪圈呀？”

忙又提起猪笼，找到阳台。刚要放下来，郑贵贵又一声吼起来，说：“牛美丽，你是老母猪跳金沙江，找死呀！到时候猪一叫，一楼的人都听见了，第一个找你来罚款的，就是任老侃。叫一声五百叫一声五百！”牛美丽听了，心里惊出汗来，忙捂着小黑猪的嘴，退了回来。

七找八找，才推开了卫生间的门。一看，笑了。里面有个好大的槽子，像老鹰垭口家里接雨水的大石缸缸，你就是放十头小黑猪在里面，也紧够了。手这才放心一松，笼子口立刻开了，小黑猪径直窜了进去。

突然间得了自由，小黑猪便要狂奔。又哪里跑得了。那是一个大浴缸，搪瓷的，小黑猪只能一边打着滑一边在里面转着圈，嗷嗷叫，寸步难行。牛美丽瞧得心花怒放，对郑贵贵说：“行了吧，老扁担，这就是猪圈了。”

这才拍拍衣裳上的土和粪，端起个盆，翻出一袋苞谷面，扯出藏得蔫瘪瘪的一小捆猪草，到处找地方。

郑贵贵说：“肚子早饿球了，做饭去做饭去。”牛美丽撇撇嘴说：“等猪吃了再说。”郑贵贵听了，一声哀叹：“唉，这日子咋过哟。”

这日子咋不过哟？这日子就像金沙江的水，根本挡不住，“呼啦呼啦”就奔涌开来。

政府从外地引进的扶贫车间，一间一间在小区开张了。就好像一个一个的火塘，把每个人，硬生生热乎乎围拢了过来。比如棒球车间，那可是从沿海大城市引进来的，技术很好掌握，就是把已经加工成半成品的小块小块的真牛皮，缝在一个硬邦邦的橡皮一样的球上。缝好一个得一块六，熟练的，一天可以缝三四十个。这样一个月下来，就可以挣一两千块。

比如核桃车间。你只要天天拎着把小锤，坐在那儿敲，敲一斤一块多，一个人一天，也可以敲个二三十斤，一个月算下来，也可以挣一千多。人家熟练的，一锤子下去，那核桃，恰恰分成两瓣，白白的核桃仁露出来，又干脆又好看。

比如摘草莓。一车一车从地里拉来，你就从那些枝枝丫丫上把草莓一个一个摘下来，放进厂家的篮子里就行。五毛钱一斤，反正，摘得多，挣得就多。

郑贵贵说："我才不摘，那是女人活计。"牛美丽眼睛一下瞪起多大，问："说那你要干嘛？缝棒球？"郑贵贵说："我才不缝，女人活计。"牛美丽想了想，又说："那你去小区报个名，打扫卫生？"郑贵贵说："我才不扫，还不是女人活计，你咋不去？"牛美丽说："我去了，猪哪个管？"郑贵贵就把脸歪朝一边，不理她。牛美丽急了，冲郑贵贵脊背就是一锤头，说："你个老扁担，你这样不干，那样不干，在家闲着？那么多钱你不挣？眼睁睁放跑？"

郑贵贵使劲咳嗽两声，伸手指着卫生间说："你先把那小狗日的处理了再说，要不然，五百五百地罚，挣多少都没用。"牛美丽一听，又是讲小黑猪，就不出气，顺手抓起一个棒球，缝将起来。

郑贵贵也不出气，也顺手抓过烟筒，"咕嘟咕嘟"吸。那会儿刚刚吃完早饭，要是在老鹰垭口，正是扛着锄头背着箩箩下地的时候。不要说干活，光爬坡走到地里，就得个把小时。现在好了，吃倒是吃了，活不干，干坐着，除了长膘，就是斗嘴。猪似的！

那小黑猪也怪，这时候凑起热闹来。郑贵贵的烟筒“咕嘟”一声，它跟着在卫生间里“哼哼”一声，郑贵贵“咕嘟”一声，它“哼哼”一声，就像约好了一样。听着听着，牛美丽“扑哧”笑起来说：“老扁担，我们一年到头，啥时候不是跟猪啊牛啊马啊住在一起，啥时候不是听着它们的声音，才睡得着觉。你想想，有时候我们不吃的，会端给猪吃，猪吃剩的，狗还会来舔呢。你想想，是不是这个理？如今猛一头进城了，牲口些，马啊牛啊猪啊，一样都不在了，你让我这手脚往哪儿放嘛？一天到晚，我头都是晕的。”说着说着，牛美丽就要哭。

郑贵贵说：“那你就要养个猪？”牛美丽说：“养个猪怎么啦？瞧见猪，我这心里才踏实。再说了，这猪又不是我要养的，是它，是它，是我瞧着它可怜，是我，我，我问你，要是不养个猪，你咋个过年嘛？”

郑贵贵把嘴从烟筒上抬起来，仰天长叹：“算球了，我扯不过你，你要养就养，但有一条，不准让任何一个人发现了，尤其是任老侃。”牛美丽一听，喜上眉梢，忙说：“知道知道，我脑袋又不是被门夹着了。”

五

日子轰隆轰隆过开来了。

郑贵贵是个勤快的人。每天，除了去扶贫车间敲核桃，每月挣个一两千，还自己整点小生意。一大早笼三大炉子火，等吃过早饭，提到小区门口，把从自家地里刨来的洋芋烤熟了卖。那烤熟的洋芋，用小刀子划成两瓣，烫呼呼、香喷喷的，抹点辣子面面，爱吃的人多得很。那价格，就比从地里刨出来那阵，翻着倍数往上涨。反正，一天，可以挣个百把块。牛美丽见了，感叹说：“娃娃他爹会想办法会想办法，乖乖些，土洋芋都被他变成金疙瘩了。”

郑贵贵会挣钱，牛美丽也不差。每天缝棒球摘草莓，还去敲核桃。有一天，来了一大帮记者，有人问她这棒球是用来干什么的？她火爆得很，边缝边回答：“棒球棒球，肯定是用棒棒敲嘛。”见大家伙笑，又说：“我管它是用来干什么的，我只管它挣钱就行。”把任老倪说得脸上过不去，只好赔着笑，说：“农村人，素质差素质差。”

望着他们忙出忙进的样子，小区里的乡亲们都说：“这家两口子，怕是要把这后半辈子的钱，都在这些日子挣完了。”牛美丽听见，总是爽爽朗朗笑将起来，说：“没有办法没有办法，我们这是前半辈子穷干净了。”

忙到晌午，牛美丽就放下手里的活计，悄悄背着个篮子，出去找猪草了。

猪草她熟，从小就打交道，从小就在山沟沟里围着它们转，以此为生。这是她的命。有时候她觉得，她的命，就是一棵一棵的猪草、一盆一盆的猪食串起来的。什么水麻叶、花花草，什么芭蕉叶、猪耳朵草，什么癞蛤蟆叶、奶浆草，还有荠荠菜、水芹菜、洋芋叶、牛克膝头叶，一大堆。找回来，用水冲一遍，就在院子里剁开来。那是她生命里最旺盛的日子，要是天气好，能剁到月亮升起来，月光立刻就把她面前的草和叶，变得亮闪闪的。最累的时候，总是带着猪草一阵一阵的清香，倒头就睡，睡得梦里，也一阵一阵的清香。

现在不同了，现在过的是城里的日子，到处都是水泥铺的路，到哪儿找猪草去？又不敢走远，牛美丽围着自家住的小区转了两天，还好，这小区建在县城的边边上，小区后面就是一条铁路，铁路两边是铁网，用来防止人畜误人的。铁网以下，是个斜坡，能见到土和草了，牛美丽心里，一阵欣喜。

还真就找到猪草了。像命中注定似的，牛美丽和猪草，才是天造地设的一双。猪草总是顺着铁轨铺展开来，在不远处绿油油的等着她。顺着那个斜坡，牛美丽经常能走出去很远，她渐渐喜欢上了那样的午后，总是能遇见她熟悉的猪草，总是能看见一旁的铁轨，一直泛着光，伸出去老远。

回来的时候，已经是满满的一篮。背在背上，还沉甸甸的。她喜欢那样的沉，那样的沉会混着她的汗水，顺着脖子悄悄淌。只有这样，她才觉得过去的日子没有丢，只有这样，她才觉得这城里的日子，也过得沉甸甸的。

又不敢背回去。小区里人多眼杂，她必须将就着，把篮子藏在附近的一个铁路桥洞里。要等天黑了，才又悄悄背回来。

天终于黑下来的时候，小区却热闹得让人心跳。算算，一三五，是县电影公司的小伙来广场上放电影，二四六，是县文化馆的婆娘来教跳广场舞。任老侃说，都是怕他们过不惯，来给他们送温暖呢。好不容易遇上个星期天，夜校又上课了，教的是城里过日子的知识，比如心理辅导、如何感恩、如何自信、如何自强自立。

自强自立？养个猪不就自强自立了。不是说“猪要养，人要莽”吗？牛美丽去了一次，再也不去了。她要忙着剁猪草煮猪食呢。不过人在七楼，那猪草是不敢剁了，只敢切。弄一个大塑料盆，小砧板，一捆一捆切。有时候忍不住，剁几声，还被郑贵贵伸过头来吼：“疯婆娘！”

牛美丽就委屈，说：“养大这一个，再也不养了。”郑贵贵说：“你还敢养啊，地方都找不着，到处挤脚夹手的，到哪儿养啊。我看你，连小黑都养不大。不信，走着瞧。”

还真是！牛美丽猛一头从大塑料盆里抬起头来，猛一头才想起来，这猪大了，还真没地方养起了。郑贵贵又伸过头来，说：“早就跟你说过，这猪会长猪会长，等长到两三百斤，我看你还关藏在卫生间？到时候，它还不一屁股，就把你门都给你拱倒，闹你个鸡飞狗跳。早就跟你说过了，这是头猪，大肥猪，不是城里人养的小猫小狗。”

还真是！等猪大了，猪圈在哪儿？牛美丽为这事，开始急得睡不着。

其实猪圈的事，这会儿都是小事，离猪长大还有好长日子呢，还有得缓。眼目前死活要解决的，是猪粪的事。这小黑猪吃不怕，吃是往肚子里去，兜得住。可拉出来的屎尿，怎么办？

就是说，猪粪怎么处理？往哪儿藏？牛美丽每回一想到这儿，就觉得脑子不够用。怎么办？还能怎么办，脑子不够用，人就勤快点，这是牛美丽一直依仗着往下活的本事。不然，早就饿死了，还让你撑到城里？

干脆，她想，等切完猪草，煮好猪食，再把猪粪背出去，夜深人静，还怕找不到个藏的地方？

最烦的就是那群广场上跳舞的婆娘，牛美丽已经困得头倒插在肩膀里了，婆娘们看上去，还是没完没了。牛美丽心里暗自说：“腿杆子上的泥巴都还没搓干净呢，就想三两晚跳成个城里人？咋可能嘛。你们悠着点，过日子，那可是细水长流的事，只怕哪天跳猛了，腿杆扯着了腰杆，活计干不成了，叫你们哭！”

她还记得第一次把猪粪背出去的那一晚。也是做贼心虚，买了块天大地大的塑料布，够把几头大肥猪都包裹起来了。牛美丽左裹右裹，猪粪都被她裹成一坨硬疙瘩了，这才往篮子里一丢，背上出门。

在电梯里，牛美丽拿着鼻子使劲嗅，根本就嗅不出一点味道来。这才放了心，朝那个冲瞌睡的保安走。那保安歪斜在值班室里，睡得昏昏沉沉的，牛美丽冲他挥挥手，他根本看不见。

出了小区就是广场，此时静得像块稠密的苞谷地。很奇怪，牛美丽想，这广场舞跳得越凶，她越是冲瞌睡，有时候，还睡得昏昏沉沉天一下地一下的。等广场一静下来，她立马就醒，像个闹钟，仿佛这安静才是她生命中喧嚣拔节的节奏，一阵一阵，让她的心随风摇曳。

牛美丽聪明，一般绕着广场贴着墙根走。那广场太空了，随便一个人经过，都要被楼上没有睡的人瞧见。她才不傻，她像个优秀的猎人，天生就有一种避开危险的耐力和判断力。等她绕过广场走进农贸市场里，才长舒一口气，想，自己怕是生错了身子，郑贵贵才应该是这个家的媳妇，而她，应该是这个家的男人。

出了农贸市场，习惯性往右一拐，就是铁路。这个时候，还有一列火车经过，是客车，一格一格的窗口里，透出乳白色的光。牛美丽要在那儿等火车通过。这个时候，她会在那儿站上一阵，歇一歇，她的心里，会泛起一丝一丝的涟漪，一圈一圈的波纹。她不知道这火车要去哪里，但不管去哪里，她是真想，真想坐上去，跟着走一程呀。

低头穿过铁丝网，翻过铁路，就是大片大片的田地了。这是牛美丽白天找猪草的时候就看清楚的。他们住的小区和新城，本来就是建在县城边边上的，也就是说，郊外，城乡接合部。这种地理位置，给了牛美丽和猪粪最大的空间，到处是菜地和果园，只要人勤快点，还怕没地方藏?

胆子小，加上猪也小，没有多少粪，牛美丽就朝最近的果园走。那果园种得规矩，一排一排的果树四周，有宽直的埂子分割，好走得很。第一次来，怕迷路，不敢走深了，没多久，便紧挨着埂子卸下背上的篮子，开始往两棵果树间倒。塑料布裹得紧，她得一点一点顺着缝隙翻动，反而显得慢了。

就在这慢下来的间隙，牛美丽心里突然间哀哀怨怨起来。心想，这是多好的猪粪啊，要是在老鹰垭口，这得肥多少块好地呀。可惜了，可惜了，可惜了天，可惜了地，可惜了她牛美丽这一身的力气，这是在造孽呀！委屈得一愣一愣的，就要哭，眼泪刚涌上来，却又想，还好还好，毕竟没有倒在水泥路上，毕竟是进了地里，就伸手摸摸身旁的果树，轻声说，树啊树啊，你可要好好长，等明年结苹果了，别忘了掉几个在地上，也算是代我牛美丽拜天拜地，弥补过错了。

猪粪少，再慢，也很快就收塑料布了。她得把沾着猪粪的部位，折在里边，这样，再回小区时，也能漏不出气味。她要一折一折，把这块大得可以藏三四头大猪的塑料布折好，这样，她可以在地边多待一会儿，她可以一折一折，把自己的心事，都折起来。牛美丽知道，这么大的一块塑料布，是要等猪大了，才能真正派上用场的，这会儿，她得小心着用、节省着用，一折一折，都不能费了尺寸。

突然身后传来了一阵“哈哧哈哧”冒着热气的声音，牛美丽一惊，一回头，一条大黄狗不知从哪儿冒将出来，露着犷利的牙，朝她伸过嘴来。牛美丽忙伸出手，顺着狗脖子的毛抹了抹，那狗顿时不凶，趴将下来，闭了嘴，伸了鼻子和舌头，朝牛美丽凑。牛美丽知道，这是狗在嗅她身上的气味呢。她什么牲畜没见过，她想，那狗是在找她身上的狗味呢，只要有，狗就乖了，不咬人。

她身上的味道多了，除了狗，还有牛羊鸡猪的味道。牛美丽突然想起她家的那条大黄狗来，比眼前的这条大，比它凶，可是，这会儿在哪儿呢？早就成老鹰垭口的野狗了。想到这儿，一把搂过那狗，再也忍不住，流下泪来。

是大黄狗把她送出果园的。到了铁路边，大黄狗就“哈哧哈哧”低了身子，不走了。牛美丽对它说，等明天，要是吃肉了，我一定省下骨头来给你啃。

又一次翻过铁路的时候，牛美丽的心情也换了一遍，突然间像背上的空篮子一样，轻松起来。远处，是不尽的霓虹，她瞧着还是心慌，但她起码知道，她的猪，是可以在这里慢慢养大了。

回到家，牛美丽还病了一场，说疼不疼、说痒不痒的，吃了好几天小区卫生院开的药，才好转。瞧着她吞水咽药的样子，郑贵贵奇怪，说是这么好的身子，壮得跟牛似的，怎么进了城，反倒病了？怕是不会享福呢。

牛美丽听了，不敢说话，她知道，她这病，全是因了那一篮子猪粪。说出来，怕是得不了好。

这一天，县里组织老鹰垭口全村的人去老城参观。就是说，县里要来人，带着他们逛县城。怎么说呢？县里有个培训计划，要把扶贫搬迁进城的首批三万多人，全部培训一遍。逛县城，仅仅是培训计划里的一小项。内容，就是让各村各户的人尽快适应县城、熟悉县城。比如，过马路怎么看红绿灯？比如，怎么坐公交车？又比如，菜市场在哪儿？再比如，怎么进医院？进了医院怎么排队、怎么挂号？还有，大家生活的这个地方，历史文化有多悠久？出了哪些历史文化名人？等等等等。

至于老城这个说法，是相对于他们新搬来的小区说的。小区全部建在城边，远远望去，就像新建起了一座城，所以，小区这边，城里人自然而然叫新城，而县城这边，新城的人也远远望着，就叫起老城来了。

一大清早，牛美丽一万个不想去，说："要是去了，猪咋个办？"郑贵贵说："任老侃昨晚在院子里喊了，不去的扣五百。去的，还可以吃顿羊肉。"牛美丽说："吃啥子羊肉嘛？我猪草都还没有找呢。"郑贵贵说："猪饿一天又不是会死。"牛美丽说："饿瘦了，我这几天就白喂了。"郑贵贵说："瘦了好，瘦了不占地方。老子进去撒泡尿都是一股猪屎味。"

牛美丽不出气了。郑贵贵一说到猪占的地方，牛美丽就不出气了。不是怕郑贵贵，而是自己忧虑，顺着郑贵贵的说法，一想就想得乱七八糟。是啊，等这猪再长两个月，到底放在哪儿养？大肥乌猪，占地方呢。

给猪喂了食，牛美丽七想八想，还是背上了平时找猪草的篮子，才和郑贵贵出了门。逛县城，郑贵贵换了一身新衣裳，像个新姑爷，望了牛美丽一眼，就嫌弃，电梯里，责怪起来，说："咋不换身干净的。"牛美丽嘴一噘，电梯就动起来。

上了车，牛美丽也不和郑贵贵坐，而是同孙芬芳和杨山茶挤。等把篮子放好，坐稳，车一开，两个婆娘就把鼻子凑过来，对着牛美丽使力嗅。孙芬芳说："我怎么闻出一股猪食味？"杨山茶说："还有猪草和猪粪味。"牛美丽一惊，后悔没有听郑贵贵的话，换身衣裳。就忙朝车厢里望，还好，车厢里热闹得很，有人吃饼子，有人哼调调，有人大声说着自家城里的亲戚，有人因为没有座位，觉得吃了大亏……还好，没有人听到这两个婆娘的话。

牛美丽忙把车窗推开，想让风刮进来。两个婆娘就笑出声来，鬼兮兮的。牛美丽老实巴交，经不住她们逗，就说："别说，别说嘛。"

六

两个婆娘一搅，牛美丽心里就不好受。逛起县城来，浑身不听使唤。

就说过马路，任凭那几个皮肤晒得黝黑的交警怎么教，她就是搞不清那红绿灯，为什么一会儿红、一会儿绿的。心里想，红的为什么不准走？绿的为什么又准过？万一过着过着，那灯突然变红了，背时倒运，不是就要站在大街中间了？那么宽那么平那么直的大马路，咋还要警察管？警察不是管坏人的吗？背时倒运，走过路过个街，还会犯法，还要罚款，以后不敢来了不敢来了。

后来又练习坐公交车。牛美丽更搞不懂，为什么非要从前门上，后门下。她试了几次，从后门上去，人还不是好端端的。人家说，这叫无人售票，她更搞不懂了，心里想，没有人还卖啥子票嘛，钱交给哪个？不补了？牛美丽想了半天，觉得以后还是不敢坐。

中午那顿羊肉，吃得好。一大锅端上来，七八个婆娘一桌，硬是吃了个底朝天。估计吃得太猛，油荤大，肚子一下适应不住，到了下午，参观历史文化，在一个大院子里，就转起筋来。

差点要了牛美丽的老命。四下一瞄，找不见茅房，牛美丽背着篮子就从大院子里出来，顺着大街跑。跑着跑着，实在憋不住，才慌忙拉住一个扫地的问。那扫地的听她说完，又拿她上下打量了一遍，朝身后一指，说："喏，那不是？"牛美丽几大步纵过去，闷头就往里闯。又被身后一个声音吼住："回来，那是男厕。"

经过这一阵折腾，牛美丽再也找不见老鹰垭口的队伍。心里一委屈，干脆就不找了，自己回去。她想，今后，再也不敢来这城里闯祸了；她想，今天差点把这辈子的人都丢干丢净了。忙大体瞄了一眼新城的方向，顺路走将起来。

走着走着，就迷路了。

这县城就像一个迷宫，牛美丽在几条小巷里转，根本转不出来。房子是一模一样的，两旁的街道和街道上的人是一模一样的。哪像老鹰垭口，不管你走到哪儿，远远回头，总是像个煞神高高盘在身后。你要回家，就得朝着它走，就得翻过它。

没有办法，牛美丽只得使力走。她不怕，在山里一个人迷了路她都不怕，还怕在这到处都是人的县城？她是怕她的小黑猪。今天的猪草都还没找呢，要是不快点回到家，小黑猪要是饿了，乱叫乱拱起来怎么办？

这样一想，才慌起来。哪里有猪草？这城里到处滑溜溜的，哪里找猪草去？慌几大步，又转进一条小巷里来。

小巷更窄，空无一人。不知道是什么背时倒运的地方，却摆满了大大小小的花盆，花盆里有土，土里栽种着各式各样的花，煞是好看。蓝的，紫的，红的，白的，还有红蓝相间的，还有白紫相交的。还有又阔又肥的绿叶，细长细长的兰草……它们在眼前的阳光下，显得安静而又美好。甚至，整个县城，都因为这些花花草草，突然间安静美好了起来。

可是，在牛美丽的眼睛里，它们就是猪草了。

欣喜之余，她伸手薅将起来。那厚厚的大巴掌，根本感觉不到那些枝枝丫丫硌在手上的疼。好像只要有土的地方，就是她的领地。好像理所当然，这就是她的命。

一不小心，等她拐进一个菜市场时，已经薅得半篮子了。

菜市场不像上午那样拥挤，因为已经是要散市的缘故，还显出了颓蔫的样子。地上，丢着很多废弃的白菜叶，鲜汪汪、嫩生生的，牛美丽忍不住，想把那一大堆都捡起来，那可是小黑猪最好的吃食了，就跟她们中午吃的那锅羊肉似的，一年到头，也吃不着几回。

牛美丽忍不住，捡拾开来。抓起一把菜叶，瞟眼一瞧，怎么觉得一菜市场的人都在盯着自己，对面那个卖酱菜和调料的，那眼神，好像已经朝她伸过一只手，同她抢起来。就又不敢，抓菜叶的手停在篮子口，想要往回撤。

又不甘心，想了想，一狠心，朝篮子里丢了一半，又停住，松了手，让另一半菜叶慌慌落回去。刚要走，还是不甘心，不知哪儿来的劲头，一猫腰抄起一大抱来，朝篮子里一丢，就要跑。

这时身后吼了一声，把牛美丽吓得呆呆站住。那是一个男人噎在喉咙里的声音，“咕嘟咕嘟”的，说：“你这个人，你要捡，就全都捡走。你捡一半留一半，隔一阵，还不是要我扫。”牛美丽一听，这才缓过了神，那声音在哪儿，根本不敢看，挥起厚厚的大巴掌，大扫帚样的，两三下，就把剩下的白菜叶子扫进篮子里，背起就跑，跟偷样的。

这回好，跑到大路上来了。牛美丽一瞧，这路她熟，这是她们上午来的路。就是说，只要顺着这条大路扯直走，就会走到家的。牛美丽紧紧裤腰，聚聚精神，在那条尘土飞扬的大道上，走将起来。

晚上，牛美丽把那些花花草草和菜叶子混起来，正要切，孙芬芳和杨山茶就来串门子，牛美丽和小黑猪，躲都没处躲。两个人一进屋就四处找，牛美丽和郑贵贵拖都拖不住。

这两个人的鼻子仿佛是狗的鼻子。没几下，就嗅到了卫生间门口。其实，那还用伸鼻子闻吗？小黑猪在里面，像见到了亲人，"嗷嗷"乱叫。杨山茶听见，兴奋得跟见到亲儿子似的，眼泪都要下来了。等开了门，杨山茶更是一身子扑上去，抱起小黑猪，一跌声喊："宝宝哟，宝宝哟……"差点把另外两个女人的眼泪喊掉下来。

小黑猪一见，边撒娇边挣，只三两下，就挣脱了杨山茶，水一样飙将出来，在地上打个滚，"噌"一下闯出门来，满屋子乱窜。

牛美丽失声喊："快关门快关门，别让它跑出去。跑出去要老命了。"孙芬芳和杨山茶追了出来，边追边喊："哎哟小宝宝哟，哎哟小宝宝哟。"把一个家，碰得火星子乱冒。郑贵贵本来坐在沙发上，懒洋洋看电视，一见，"飕"一头站起，指着小黑猪骂："小狗日的！"

这样乱了一阵，还是被杨山茶一把按住，抱了起来。小黑猪怪，这回再也不挣，还把头靠在杨山茶怀里，偎着。那小模样，连孙芬芳都心疼起来，说："哎哟这个小宝宝，还想奶吃呢。"

这一声，把所有的人都逗得笑将起来。

牛美丽却急得要哭。牛美丽说："你们可千万别外边乱说去，你们要是说了，这一天罚五百一天罚五百，我可咋活呀！"牛美丽这一说，又把孙芬芳和杨山茶惹得要哭。孙芬芳说："老妹子呀，你放心，我们就是拿命抵着，乜不会说的。"杨山茶说："老姐姐呀，你放心，这猪，我们也想养，要不然，在这城里，手脚都没有个放处。”

听她们这一说，牛美丽才放下心来。才说：“养啥子养嘛，这猪要是不养，只是我们手脚没个放处，又没人管。要是养了，是猪的手脚没有个放处，你们想想，再等两个月，这猪往哪儿赶？罚款都要罚死。”

孙芬芳说：“怕什么？往我家赶，我家住一楼。”杨山茶说：“怕什么？放我家养，我腾出间房来给它住。”

郑贵贵伸过头来插话：“你们两个婆娘，说得轻巧，知道吗？这城里养猪不比老鹰垭口，太费事，光找猪草，就能把你们小命找出来。”杨山茶说：“怕哪样？大不了，我们回老鹰垭口找。那儿的猪草，才肥，才是猪草。”

大家一下笑起来，都说杨山茶：“你这是猪食盘成猪价钱。”

七

郑贵贵逼着牛美丽，要把小黑猪卖了。

牛美丽问：“为什么？”郑贵贵说：“家里养猪的事，已经被人发现了。”牛美丽一听，松了口气：“孙芬芳和杨山茶，她们不会说出去的。”郑贵贵骂：“憨婆娘，你以为个个都跟你一样？她们那是进城了，没有猪养了，哄着你玩呢。婆娘的嘴，就没有见隔过夜的。卖了卖了你赶紧想办法把小黑猪卖了，还有点收入，不然到时候，一天五百一天五百，你算算，得罚多少天？还扶贫？不用扶，老子们自己又回老鹰垭口去刨地了。”

牛美丽说：“反正，我知道她们不会说出去。”

郑贵贵问：“为什么？”牛美丽说：“反正，她们那晚来，我知道她们是想家想的。反正，她们那晚哭，我知道她们是想家想的。反正，你要是硬要把小黑猪卖了，你还不如把我卖了。”郑贵贵眼睛一瞪，说：“牛美丽你想得美！”牛美丽说：“老扁担，你要是硬要把小黑猪卖了，我就死给你瞧！”郑贵贵一听，觉得拿不下牛美丽来，只好说：“好好好，不卖就不卖，任你折腾，折腾完了，大不了一起回老鹰垭口种地去。”牛美丽说：“回就回，哪个怕哪个？现如今，村子里没人了，我还想把老鹰垭口的地，全都种遍了呢。”

郑贵贵不敢硬来，这事，只好暂时放在一边。

孙芬芳和杨山茶，还真就帮着牛美丽找起猪草来。有几天，两个婆娘顺着铁路走烦了，还真就坐班车，跑回老鹰垭口，给小黑猪带回两大篮子猪草来。

那个肥那个嫩哟。最重要的是，那个得意哟，杨山茶说：“一方水土养一方猪，只有吃了老鹰垭口的猪草，这猪，才会长成老鹰垭口的大黑乌猪。”说着说着，又心疼起来，拿着小黑猪瞧，说：“哎哟哟，瞧瞧瞧瞧，这可是我们老鹰垭口的独苗苗了。”孙芬芳瞧见一旁的郑贵贵在撇嘴，就骂：“郑贵贵，你别把你那张嘴撇得跟猪食盆似的。告诉你，这猪要是被发现，罚款我们一起交。”杨山茶跟着说：“就是就是，只要你不说，就不会有人说，放心。”

把个郑贵贵，气得满脸紫黑。

转眼就到了清明，小黑猪也长到了两个多月，到了防疫和催膘的时候。一般来说，这种时候，猪可以长到五六十斤左右了。小黑猪不行，小黑猪生下来就母子分离，奶水不足，现在只有四十多斤。杨山茶和孙芬芳，见一次心疼一次。牛美丽就安慰她们说：“四十多斤也算好了，现下这情势，哪个敢？四十多斤也有个大娃娃大了。”

两个女人相互看看，就不说话，她们知道，牛美丽说这话，是正在为小黑猪找个落脚地点犯愁呢。

俗话说得好，人要是背时倒运，卖燕麦炒面都会遇着漩涡风。信不信？偏偏这个时候，小黑猪生病了。一看，还病得不轻，歪扯歪扯的，根本站不起来。郑贵贵一瞧，幸灾乐祸说："扯歪脖子风扯歪脖子风。"

在老鹰垭口，扯歪脖子风，是养猪最忌讳的一种病，跟闹猪瘟差不多。要是救不好，死个猪不说，这小半年的辛苦，就算是白白扔猪食槽里了。牛美丽听郑贵贵一说，急得哭起来。孙芬芳和杨山茶，也跟着掉眼泪。掉着掉着，孙芬芳突然吼起来："郑贵贵，你这分明是老母猪唱卡拉OK，骗人呢。孙芬芳说，我们养了多少年猪了，还认不得？这扯歪脖子风的猪，一般都是半大猪，起码要六七个月以上，这么小的猪，根本不可能！"

三个女人立刻转忧为喜，不理郑贵贵，商量起怎么办来。

怎么办？请个医生？郑贵贵坚决反对，说这不等于不打自招了吗？可要是不请，牛美丽又受不了，说小黑猪只怕是小命难保。说着说着，牛美丽又要哭。杨山茶看不下去，转身就往门外走，问她做什么，杨山茶甩下一句话："还能做什么？找医生去。"

才一小会儿，杨山茶就带着一个叫杨皮脸的男人回来了。杨山茶说："这是我从娘家东山口村楼请来的兽医。"郑贵贵一看杨皮脸，以前就认得，不就是个劁猪的么？杨皮脸是他的诨名，真名叫什么，倒没有人知道。之所以叫杨皮脸，就是因为劁猪的时候，随时拉着一张脸，猪见了，老远就叫，怕。

杨皮脸一见到小黑猪，嘴里顿时"嚯嚯嚯"的，那意思，大家伙一听就明白，他是在说，怎么在这楼里，会见到猪？既兴奋又惊讶的样子，让大家极其不舒服。杨山茶就问："杨皮脸，你"嚯嚯"个啥？"

杨皮脸摩拳擦掌，说："怪了怪了，好久没见到猪了，怎么会在你家老鹰垭口楼上碰着？"孙芬芳一看杨皮脸那嬉皮笑脸的样子，急了，说："杨皮脸，你要是说出去，老娘，老娘就说你乱说，就说，就说你调戏老娘。"杨山茶一听，跟着说："对，你也调戏老娘，你薅了老娘好几把。

赖死你，让你永世不得翻身。”牛美丽也说：“对对对，你也薅了我好几把。”

郑贵贵脸都气白了，找个小凳子坐下，烟筒“砰”一声摔在地上，烟锅水四处淌。杨皮脸也慌了，说：“大婶些，你们才是不要乱说，不然，我怕是跳进金沙江都洗不清了。不就是劁个猪吗？你们出够你们的钱，我劁好我的猪。井水不犯河水井水不犯河水。”

大家伙一听，又都炸开，都说：“杨皮脸，今天这小黑猪是生病了，怕是没有你劁猪那么简单。”杨皮脸说：“咋不是？我进来瞄一眼，就知道是咸是淡。”牛美丽盯着问：“不是扯歪脖子风？杨皮脸放下包，取出工具，说，让开让开，扯什么歪脖子风？才两三个月大，扯什么歪脖子风？”

牛美丽一听，放心了，转过身拿着郑贵贵骂：“老扁担，我看你就是一肚子猪下水，馊疙瘩冷饭吃多了，才会盼我家小黑猪死呢！我看，你才是扯歪脖子风了。”

郑贵贵好像没有听见，气哼哼站起来，摔门而去。

到了晚上，郑贵贵也没有回来。三个婆娘伺候好猪，在牛美丽家随便吃了几口饭，就锁死门，下楼，说是分头去找这个老扁担。

小区的广场，照旧热闹。大家伙刚刚搬进城来，猛一头见着那么多花花绿绿的灯光，兴奋得跟飞蛾似的，每晚不出来围着灯光舞一阵、扑一阵，根本睡不着觉。

这么多人，哪儿去找？兴许在听人对山歌呢。牛美丽想，这个老扁担，就是喜欢听这些哥哥呀小妹呀的歪调调，那天搬家进城，好像记得，有几句，就是他哼哼的。哼哼哼哼，家务事不好好整，猪样的！

想着想着，来到了对山歌的台子前，那地方，更是热闹，几大伙人围着，跟煮涨的开水似的。牛美丽挤进挤出，转了好几圈，就是不见郑贵贵。

正准备回家，警车响了，闪着警灯朝小区冲来。想想，大家伙村子里住惯了，天天黑灯瞎火的，哪见过一闪一闪的警车？就跟瞧见天上落下来的星星似的，个个跟着跑。

就连牛美丽，也心慌脚软地跟着跑。她是担心会出什么事，别是她家小黑猪惹什么祸了。这城里，过个马路都会犯法，哪样事都得小心。

果真，是她家郑贵贵。等跑到人围得最紧的地方，就瞧见她家郑贵贵了。牛美丽心里一紧，忙推搡过一堵人墙，挤到最里面，死死盯着。可瞧那情形，又不像她家郑贵贵犯什么法，她家郑贵贵还拿着人家警察理论呢。

她家郑贵贵说："你们这儿，咋那么容易遭贼？我刚刚才出门转一圈，回家一看，样样东西都被搬空了，门么，大哗哗开着。你们是咋个当警察的？你们还我家东西来。"

人家警察客客气气，一个人在一旁往手里的小本本上记着，一个人在安慰郑贵贵，还有好几个，拿着手电筒朝郑贵贵说的楼上照。照着照着，就照着"北山口村楼"几个字，大家伙"哗啦啦"一下，笑得前仰后合。

瞧热闹的人里，有老鹰垭口的，认得他，就喊："郑贵贵，你是想婆娘想魔障了，这楼不是你家住的楼，北山口村要下个月才搬来呢，你怕是走错了。"郑贵贵一听，就抓脑袋，跟着笑，说："你们才是想婆娘想魔障了，我明明是去我家的楼嘛，咋又不是了？"

这时任老侃挤了进来，说："郑贵贵，你家在老鹰垭口楼，前面一幢前面一幢，家家户户亮着灯呢亮着灯呢。"

郑贵贵还在蒙，牛美丽上前，一把拉起他就走。说："快点回家，别在这儿丢人现眼的。"说完，又对警察们笑笑。

警察们一看，才反应过来，也跟着大家伙哈哈笑。

回到家，牛美丽气得浑身鼓起来，问："你这个老扁担，你到底是真魔怔了还是故意想喊警察来？你要是故意想喊警察来拉我家小黑猪，我就跟你拼命！”

郑贵贵说：“疯婆娘，你认得个米线！老子就是魔障了，出去转转，回来就找不着家了，我明明就记得是那幢楼嘛，房子也是一模一样的，咋个走上去就不同了。我还以为遭贼了。”郑贵贵说到这儿，突然话题一转，说：“我想起来了，我这脑壳，就是被你那猪闹魔障的。赶紧卖了赶紧卖了，不然，肯定要出事。”

郑贵贵最后说：“你瞧瞧你瞧瞧，今天，连杨皮脸都裹搅进来了。赶紧卖了，卖了卖了卖了！”

八

牛美丽才不听，牛美丽一心就想把小黑猪养大，天王老子都惹不起。用郑贵贵的话来说，疯婆娘是吃了秤砣了，死猪不怕开水烫。

小黑猪吃了杨皮脸开的药，又让杨皮脸做了小手术，劁了“蛋蛋”，那病，就一天一天好起来。牛美丽就一天一天，照样煮猪食、找猪草、铲猪粪，忙得像个陀螺。只不过，她这忙里，少了过去在老鹰垭口的理直气壮，多了现下的偷偷摸摸，跟打游击似的。但突然来了孙芬芳和杨山茶，多了强援和接应，胆子大多了，三个婆娘一起疯，郑贵贵拿着根本没有办法。

这样又撑下来大半个月，大儿子从工地上带好消息回来了。

大儿子叫郑大山，入夏就满二十一了，在建筑工地干活，好学，人高马大，手脚勤快，很快当上了砌砖师傅。挣得多，被在工地食堂干活的王三丫看中了，死活要嫁给他。三天后，就要来家里认亲喊人。

什么叫喊人？就是还没有过门的儿媳妇，先领来家里瞧瞧，人家要是瞧上了，就张口，管男方父母叫叔叔婶婶，甚至叫爹爹妈妈。男方家要是满意，就“哎哎哎”地应，朝人家姑娘手里，塞红包。这样，一门亲事就算订下一半了。剩下的一半，就是男方家里，瞧个日子，去女方家送了彩礼，这样，这个姑娘就算是自家的人了。

在老鹰垭口，姑娘来家里认亲喊人，是大事，大日子，一般是要杀猪、挂红、请客、炸炮仗的。只是因为穷，老鹰垭口这样的日子少得很，有时候，一年都遇不着一桩。年轻人都跑外边去了，能好好结婚讨媳妇过日子的，少了又少。

没有想到，大儿子郑大山有出息，长本事了。这刚搬进城来，就往家里带回来个王三丫，这好事，哪儿去找？这不是肥肉上加膘嘛。还听说，人家姑娘虽也是农村的，可人家是平坝里生的，家就在城附近，人长得漂亮，彩礼也不收，说是自由恋爱，只要郑大山对自己好就行。

牛美丽乍一听，眼泪“扑簌簌”就往下掉，一把抓起郑贵贵的手说：“老扁担呀，咱们家的苦日子，算是熬到头了。”郑贵贵也伸手朝眼睛角抹了一把，说：“快把郑小山喊回来，喊回来。”

郑小山是小儿子，十八了，跟着他哥哥在同一个工地干。一回来就拿着王三丫夸，说：“我嫂子王三丫，人长得就像县文工团演戏跳舞的，脾气好得，羊见了都敢欺负她几下，最重要的是，在食堂里，每次我去打饭，那大勺子一歪，都要多给我点肉。”

说到小黑猪的时候，一家子刚刚吃过晚饭，放下碗，郑小山不客气了，对牛美丽说：“妈，你这都进城了，还带个猪养着，你这是干什么？你是怕我们养不起你？你想想，过几天嫂子一来，瞧见这家里猪食猪粪乱哄哄的，人家咋个朝你们二老开口喊呀？”

郑贵贵一听，更是来了脾气，说：“卖了卖了，早就该卖了，再放在家里，不惹祸才怪。”

这一回，牛美丽再没有死抵着，轻轻一叹，说：“卖就卖吧，明天一早，我就卖。”

可是，这城里，到底能把小黑猪卖哪儿去？根本就卖不掉。农贸市场？人家只买宰好检疫过的新鲜猪肉，牛美丽带着小黑猪往那儿一蹲，根本没人理。又去了城西的牲畜市场，可人家那儿，只买牛卖马，这小黑猪往那儿一放，根本不是价钱。而且，刚一到，戴着大盖帽的检疫官就来了，警告她，说这城里，猪不能随便卖，要检疫的，不然，就要没收罚款。吓得牛美丽转身就跑。

牛美丽把猪篮子放在大马路边，一屁股坐阴凉处，歇气。大马路上，车一辆接一辆，跟耗子搬家似的，哪里见得着一个人，哪里会有人瞧她和猪一眼。牛美丽坐着坐着，还坐出眼泪来。她抹一把，想，咋这么好的日子，就是容不下一头猪？又抹一把，想，咋这么好的日子，她就是过不惯，就是觉得这心里，空落落的。就是要在这心里，朝死作。

卖不掉，只有背起小黑猪，往回走。走着走着，牛美丽又笑起来，心想，兴许这小黑猪，就是跟她分不开呢。心想，兴许这小黑猪，就是要在她手里慢慢长大呢。心想，不卖了不卖了，大不了，这几天把它转移到孙芬芳家去，孙芬芳家住一楼，围了个小院子，地点宽。

想到这儿，人就精神起来，步子就利索起来。那时夕阳西下，她看见了那条尘土飞扬的大马路，她知道，就要到家了。新城在火一般的霞光中，渐渐显出了它拔地而起的轮廓。

郑贵贵不在，一大早就兴高采烈，跟着大儿子回老鹰垭口去了。说是要把老家酒缸里窖着的酒全部背回来，三天后就喝起。他们这一去，最起码要第二天晚了才赶得回来。

正是转移小黑猪的好时候。

跟孙芬芳商量好了，等天黑透，等广场上的山歌唱起来就行动。孙芬芳和杨山茶，在门背后守着，随时接应。

时机一到，牛美丽挎起猪篮子，一闪身进了电梯。果真，这个时候，电梯里没人，牛美丽慌手慌脚，按了个“-1”，也不知觉，就由那电梯带着，滑了下去。

门一开，牛美丽就出来了。天哪，这是个什么鬼地方？黑漆漆、空毛毛的，要不是远远有一盏灯，暗黄暗黄的，牛美丽真的要觉得这就是来到阴曹地府了。心里发毛，可牛美丽老实，顶根上就没有想着要退回电梯里，还朝前走，还拿着孙芬芳喊。

喊着喊着，就越走越远。牛美丽记不得自己是怎么走过来的，就迷了路，只觉得自己怎么走，都是在这鬼地方打转转。只觉得到处是柱子，鬼影子似的一根一根竖着。心慌得不得了，脚底下没有了力气，只好把猪篮子放下来，找了个墙根脚，缩成一团，再不敢动。

背时倒运了，牛美丽想，背时倒运了，我这是来到个啥子地方哟，怎么以前坐电梯，从来没有来过？背时倒运了，怕是真的来到阴曹地府了。牛美丽怕得不得了，心里就乱，一乱，再拿着这鬼地方使力瞧，越瞧，就越觉得像了。

这鬼地方空得很，除了一根一根齐排排的柱子，一样摆设也没有，一个人也没有。怪了怪了，瞧那方圆团转，明明大得可以住得下十多家人，怎么连个人影子也没有？不是说这城里，是寸土寸金人挤人吗？想到这儿，就彻底怕了，她断定，自己即使不是撞上鬼了，也肯定是像郑贵贵那样，中了魔障了。

这一想，着实吓着，脸都变得扭起来，就想哭，就想喊。刚要伸脖子，小黑猪倒先“哼哼”起来，牛美丽听得真切，忙一把朝身边的篮子摸去。

小黑猪没事，还伸嘴朝她的大手巴掌拱拱。又摸摸它的肚子，圆滚滚热乎乎的，“飕”一下，牛美丽才算是回到了人间。拿着郑贵贵，就骂起来。说郑贵贵你这个老扁担，你就是瞧不上我家小黑猪！说郑贵贵你这个老不死的，你进城了，你不得了了，你连猪都不想养了。

不知道过了多久，好像连广场上的婆娘们都跳不动舞了，好像连广场上的男人们都唱不动调调了，孙芬芳和杨山茶，才找了下来。

电梯门一开，四周便被照得亮晃晃的，其实很好找，孙芬芳和杨山茶走出来的时候，牛美丽远远就看见了，只是不敢相信，不敢吱声，躲在一根柱子后，偷瞄着。

等孙芬芳喊了一声，杨山茶又喊了一声，牛美丽这才磨出身来，喊："我在这儿！"倒把两个婆娘吓得不轻，手电筒的光齐刷刷朝着牛美丽扫。

一场虚惊。找见了牛美丽，孙芬芳还脚瘫手软，后怕得不行，一个劲问："我说咋背个猪，背到这儿来了。"牛美丽还在慌着，问："你们是怎么找来的。"杨山茶说："我来过呀。"牛美丽又问："这鬼地方，到底是哪儿？"杨山茶说："这叫地下停车场。你坐电梯坐错了，我那天也是坐电梯坐错了，下来了一回。"

牛美丽这才松下来，说："我说撞了鬼了，中了魔障了，咋这个一楼突然就不见了。原来，还真是来到地下了。阿弥陀佛阿弥陀佛！"又问："地下停车场，停车的，咋也不见车呀？"

孙芬芳说："都是些贫困户，哪里找车呀，人家是修了，给我们挣钱以后买车停的。"牛美丽顺嘴就来一句："停啥车，我看，养猪还差不多。"

这句话一出口，三个婆娘愣了一愣，说："对了呀！养猪，养猪养猪，养猪养猪养猪！"

牛美丽一把抢过杨山茶的手电筒，朝着自己躲藏的地方照，说："你们瞧瞧，这墙根脚，还隔成小间小间的，砍点树枝来做个篱笆，当个门，不正好是个猪圈？现下放了就这么一间一间空着，背时倒运，瞧着就让人心疼。"

杨山茶一听，一把扯过手电筒，说："走，我带你们瞧去。"

下个坡，又来到了更深的一层。一模一样的大，摸到墙脚，一模一样的小间，隔得整整齐齐，还真的只用砍点树枝做个门，还真的可以当猪圈。

杨山茶说："这是给小车停的，地下二层，谁都发现不了。"孙芬芳"扑哧"一声笑将起来，说："地下地下，乍听起来，我几个就像电视上的地下交通员样的？"

牛美丽来了劲头，一猫腰背起猪篮子，手一挥，问："干不干？正愁没地方藏呢。"两个婆娘齐声答："干！咋不干？干！"

连夜就忙起来了。上上下下，猪食盆、苞谷面、白天找的猪草，就连给小黑猪蹭痒痒的大石头，都是三个婆娘当晚从铁路边偷偷摸摸抱回来的。

天大亮的时候，信不信？一间简易猪圈，果真就在新城小区老鹰垭口楼地下停车场的负二层，悄悄建起来了。牛美丽愣愣望着，说："就连郑贵贵这个老扁担，都发现不了。"

孙芬芳和杨山茶说："就连任老侃这个老扁担，也发现不了。"

说到这儿，三个婆娘还不解气，又都说："等小黑猪长大，过年分肉，不给他们吃，馋死他们！"

九

王三丫就进门了。

在此之前，牛美丽已经把小黑猪闯祸有可能留下痕迹的地方，都清理得干干净净。甚至，还依了大儿子，让他用啥子空气清新剂，把这屋子里的头头脚脚，都细细喷了一遍。没有小黑猪的味了，不臭了，四处香喷喷的。可一眼望去，牛美丽还是觉得不对劲。

到底哪儿不对劲呢？这好像是搬进城后，第一次，牛美丽细细打量自己的家。突然才觉得空敞敞的，空呀，这房子，除了新买的供祖宗神灵和天地君亲的供桌那一块，其他地方，都是空的。

有几张床，有几个凳子和一把椅子，有一张吃饭的桌子，小黑猪一走，墙角边，就剩下郑贵贵从老鹰垭口背来的一袋一袋的洋芋，还有他的三个每天都要烧的炉子。还有两堆煤炭，在阳台上，用两块塑料布盖着。

还有呢？怎么就什么都没有了？怎么就连一件拿得出手的摆设都没有？就连个坐处，都没有。牛美丽慌得在空荡荡的屋子里四处瞄，四处窜，墙上那大块大块的白，此时看了，突然就戳起眼睛来。

牛美丽急起来。可急也没用，除了地里每年秋后的苞谷洋芋，除了每天猪吃的草和人吃的食，她根本不知道这个家里，还能用什么东西才能撑得满当当的。要不是昨天大儿子赶回来，在客厅里贴了一张画着八匹马在跑的三尺长的画，这家里，还要空敞些呢，还要难瞧些呢。用老鹰垭口的话说，要害羞死呢。

大儿子属马，天生就喜欢马。牛美丽突然觉得对不起自己儿子，就心疼，一屁股坐在一个小凳子上，靠着墙伤心起来。

还好，小儿子往家里提回了一块腊肉和两斤新鲜猪肉，菜倒是做得对得起人，满满当当一大桌。这才让牛美丽多多少少心里稍微撑得起点事来。

没有想到，人家王三丫一进门，就叔叔婶婶喊开了。喊得牛美丽这心里，那个疼，那个虚。折返身从里屋拿出早就准备好的大红包，直往姑娘身上塞。王三丫使劲推、抵挡，牛美丽哪能容她，使出当妈的这辈子所有的力气，抵个王三丫，硬生生按在饭桌前，动弹不得，只好接了过来，哈着被弄疼的手，说：“婶婶身上这力气，比我们年轻人都强咧。”

牛美丽哪管王三丫的话，只顾张着嘴，同郑贵贵一起“嘿嘿”笑。她觉得这是她这一辈子，最金贵的时光了，就忘了吃，手里捏了筷子，眼睛直往王三丫的身上一趟一趟跑。这个王三丫，生得圆墩墩的，那脸也是圆墩墩嫩生生红扑扑的，看上去就是结实，就是像个儿媳妇。要是生起娃娃来，两三个不愁，四五个，也是顺沟顺坎的。想到这儿，就拐了拐郑贵贵，又笑起来。

王三丫被她瞧得脸更圆更红了，忙夹起一块又肥又厚的腊肉朝她碗里放，说："婶啊，你吃。"牛美丽"哎"了一声，忙伸碗接了，一口咬上去，满嘴的油，满嘴的香，一下子就觉得，这家搬进城里，看来是搬对了。好像眼面前这个媳妇，不是大儿子闯的碰的找的，而是她搬家捡来的。一下子就又想起了小黑猪，就又去想，等养足了斤两，出了栏，就把他两个婚事给办了。

忙站起，悄悄去了卫生间，拿起大儿子买来的空气清新剂，又使劲喷一遍。那儿有小黑猪的味道，千万不能让王三丫嗅见了。

后来吃完饭，王三丫要上卫生间，又害羞，不好意思说，就拿着郑大山的耳朵根子咬。郑大山听了，忙扫一眼牛美丽，嘴上对王三丫说："去呀，今后这儿就是你家了，要大方点，未必每一回都要我带你去呀？又不是在老鹰垭口。"说完，"哈哈哈"笑起来。牛美丽一听，手里刚洗好的一摞碗差点紧张得掉在地上，喊郑大山："你好好带人家去，好好服侍，好好看着。"被郑贵贵一眼瞪过来，说："二气坨坨！"

王三丫从卫生间出来，就伸着鼻子到处找，说："这家里，怎么有股子怪味道？"郑大山调皮，抱着手站在一旁，说："小狗鼻子呀，赌你闻得出来。"把个牛美丽惊得手脚冰凉，拿着郑大山使劲喊："大山呀，带三丫坐，带三丫剥糖吃带三丫剥糖吃！"

王三丫这才缓过劲来，满脸通红，说："婶，不吃了不吃了，天黑透了，我也要回了。"牛美丽舍不得，硬是抓了一把红红绿绿的糖，朝王三丫口袋里塞进去。

王三丫抵不过，只得接了，来到门口，想了想，留下一句话："婶呀，家里就是有股子怪味道，你们刚搬来，不习惯，平时要多开窗子多通风，慢慢年纪大了，要好好注意身体。钱嘛，我们年轻人会挣呢。”

牛美丽又慌又羞，忙一把抓起系在身上的围腰边边，使劲搓，使劲“哎哎哎”答应着。

人一走，心就空落落的，找不着地方放。儿媳妇来家认亲喊人，这是多大的事呀，这是做梦都笑醒过多少回的事呀，可怎么今天做起来，就是不得劲，就是力气使不对地方，稀里糊涂、松松垮垮就放过去了，就办完了？牛美丽心里那个别扭，想不出个道道来，只觉得后悔，只觉得对不起人，对不起祖宗，对不起天，对不起地。

郑贵贵一声叹气提醒了她，郑贵贵骂她说：“你个呆瓜婆娘，人家王三丫都进门了，你还想着你的猪呢！酒也不劝人家多喝两杯，肉也不陪人家多吃几口，家门口连个红也不挂，炮仗也不炸。我看以后，儿媳妇不挑你这个婆婆的理，老子郑字倒着写。”

牛美丽只敢回一句：“家门口在哪儿？找不着挂，找不着炸。”见郑贵贵要发火，忙背起箩筐，溜出门来。风一起，眼泪才往眼眶里灌。突然又觉得自己不耐事，不值价，立马伸手一抹，使力憋了回去。心肠就硬起来，想，这日子不就是这样的吗？一关一关过，得对不起多少人，欠了多少人，才过得到头。

孙芬芳和杨山茶还在地底下等着她呢。

这猪不好养。虽然给猪粪找着了地方，但是，那味道太大，再混上猪食味，慢慢积攒下来，就快要从地下冒上来了。三个婆娘都担心，说谁家没养过猪呀，说这味道要是拱到地上去，她们就暴露了。任老侃，肯定第一个追下来。

还好，这几天，郑大山买了好几瓶空气清新剂，牛美丽扯了两瓶下来，一喷，好像味道淡了许多。孙芬芳和杨山茶见了，伸着鼻子到处闻，都说：“大鱼吃小鱼，小鱼吃虾米，这东西好，专门吃味道。这回放心了这回放心了。”

趁着这股子热乎劲，她们还约定，每天轮换着值班，盯着猪屁股，只要一拉屎，就用锄头铲到塑料布上，包它个严严实实。孙芬芳说：“才怪，我看任老倪还是狗鼻子了，还闻得见？”牛美丽说：“我再多买几块塑料布回来。”杨山茶一听，说：“也好，反正等分猪肉的时候，你家是大头。你出钱了，我们就负责盯猪屁股。”

今晚，月亮圆得像是王三丫的脸，她们约好了，要把积攒了两三天的猪粪，背到铁路后边的果园里去。

一路上，孙芬芳和杨山茶都在问：“大山他妈，你家王三丫长什么样啊？”牛美丽指了指月亮：“喏，就那样。”孙芬芳和杨山茶眼睛都要鼓出来了，说：“我天哪，你家郑大山有本事，找了个天仙呀！”

望着两个婆娘羡慕的样子，牛美丽心里终于松快了起来。忙接了话，说：“是呀是呀，怕是的呀，般配，我瞧着般配呢。”

就来到了铁路边，照例，她们要等着那趟有乳白色灯光亮起的火车从她们身旁“隆隆”驶过，照例，她们会注视一阵，沉默一阵，之后，翻过铁路，朝那片深密的果园走，朝那片望不到边的菜地走。

照例，会有一条大黄狗，“哈哧哈哧”低了身子，等着她们。不一会儿，就会带着她们在田埂上疯跑起来。

十

日子像风一样，一扯一荡就刮过去了。

转眼就快到腊月，小黑猪一天一个样，长成大黑猪了。两三百斤的样子，周身黑亮，肚子滚圆，腿健膘肥，牛美丽越瞧越高兴，说：“长得像它妈。”像是知道自己在地底下，小黑猪从来不扯嗓子乱叫唤，难过了或者高兴了，最多“哼哼”两声。只是吃食的时候，嘴巴子响得像是要让整幢楼都跟着它吃起来。看着这情形，孙芬芳和杨山茶都啧啧感叹，都说：“咱老鹰垭口养的猪，就是不一样。”

好是好了，郑贵贵照样说风凉话，照样每天说："天下哪有不透风的墙，你们不信就等着，总有一天……"

把个牛美丽，天天说得忧心忡忡的，打眼一看，像是老了十多岁。

"是啊，天下哪有不透风的墙？你们这样天天猪草猪食上上下下的，难道就没有人瞧得见？难道就没有人眼睛馋？就任你们折腾？真是想得美！猪似的！"

被发现的那天，天好得很，蓝茵茵的，没有一丝云彩，太阳一出，像是要照到所有的物件家什，像是连地下二层都照得到。牛美丽她们，也像是被这好天气怂恿着，大小工具往电梯里运，说是今天，要好好翻一回猪圈。

一点预兆都没有，那小个子保安就走到地下停车场来了。他太小了，脚步太轻，走到面前，牛美丽她们都没有发现，等瞧见了停下来，还以为他是个孩子呢。就问："你是谁家的？怎么跑到这儿来玩？还不赶快回去。"

小个子把头从明显阔大的衣领间伸出来，就瞧见了大黑猪。失声说道："我的天哪，这是什么时候养起来的？你们胆子也太大了。我就说嘛，怎么天天闻见一股猪屎味。我今天，就是闻着味道寻来的。"

三个婆娘一听，这才知道撞上正鬼了。孙芬芳还想撑，说："我们也不知道，我们也是闻着味道寻来的。"小个子说："你们撒谎，你们就编吧，使力编。"杨山茶忙说："小兄弟小兄弟，这样好了，这猪啊，进了腊月就杀，养不了几天养不了几天，到时候，我们分你一支猪大腿，怎么样？求你了，你就别往外边说了。"

小个子一听，如遭蜂蜇，转身就跑。跑到出口，又站住，回过头说："你们三个我都认得，别跑，等着，我叫人来。"

三个人就呆站着，憨憨等起来。她们其实才不憨呢，她们是担心身后那头大黑猪，她们担心要是她们不在，大黑猪等会儿怎么办呀？自己惹了祸，不能让猪担着。不是吗？

第一个冲进来的，就是任老侃。紧接着，十多个保安在小个子的带领下，也冲了进来。这个时候，牛美丽"唰拉"一声，拉开了猪圈的门。任老侃才喊出第一声来，说：“到底是哪个？胆子那么大？罚款罚款，扣补助扣补助。”

只见那大黑猪，“飕”一下，从他们身边闯了过去。

牛美丽追着，喊得弯下了腰杆，她喊：“大黑大黑，快跑呀！大黑大黑，你朝老鹰垭口跑呀，你跑到老鹰垭口，他们就抓不着你了！”

后来，她们追出地下停车场来，又追着喊：“大黑大黑，你朝老鹰垭口跑呀，你跑到老鹰垭口，你就回家了！”

大黑好像听见了，好像还回过头来，冲她们点了点。紧接着，撒开四蹄，飞奔开来。

后来，牛美丽一直会做一个梦，她梦见那天，她的大黑肥猪没有朝老鹰垭口跑，而是一路跑进了县城，跑进了每一条街巷，去拱每一家的门……

完

《入乡问山录——群山匍匐》之二：

PART 2 文水与黑豆

郑文水这个名字，听起来像个知识分子，其实，这家伙是个保安。保安，都还是他磕头碰着天了，是他进城来混了一年多的结果。他虽然姓郑，但其实不叫这个名。这个名，是他跟着他们局的局长的名字，偷偷改的。他们局的局长叫郑文清，他就把名字改成郑文水了。清水清水，听起来，像是兄弟两个。至少，也像是一家亲戚，堂兄堂弟什么的。

大伙不认，都说他："你这名字假，身份证上根本不是这个嘛，文绉绉的，听起来冒酸气。"郑文水就说："你们懂什么！身份证上的，本来是我的小名，办身份证那天赶街子，挤，被我妈整错了！郑文水，才是我的大名。"有人说："你这名字，听起来，跟局长的差不多呀，像兄弟两个。"郑文水就笑，说："清水清水，源头源尾，反正，都是一股水出来的。"

大伙被他说得有点蒙，郑文水便声音大起来，说："你们听着，今后，你们要叫我的大名我才答应。记住了，我的大名叫郑文水！要是叫身份证上的小名，就是得罪我，就是跟我过不去，我不认！"

年纪大的保安姓陆，大家都叫他陆哥。陆哥说："郑文水就郑文水吧。郑文水这人样样都好，就是这一点，不好！癞蛤蟆打哈欠，玩个哈口。"

郑文水身份证上的名字，叫德贵，当然，前边还有个"郑"字。还有一个小名，叫黑豆。黑豆这名字，是他妈给他取的。

黑豆三岁那年得了一种怪病，发烧，吃什么吐什么，所有医院看过来，根本不会好。黑豆眼看着快吐死了，乡卫生院的医生对他妈说："你快带他回家吧，别死在外边。"黑豆他妈一路哭着回到家里，冷火冷灶，没什么吃的，也不管了，顺手抓起一把黑豆，煮烂了，就往儿子嘴里喂，想着不管怎么，也要让儿子做个饱死鬼。

没想到，黑豆吃了黑豆，病立刻好了，从此以后，壮得像蓬朝天乱长的野草，随便丢在哪儿，都能生根发芽，锄头都挖不动。别说再进医院，连颗药长什么样，都没见过。黑豆他妈喜出望外，一嘴咬死，就叫儿子黑豆了！任黑豆怎么闹怎么恼，都不改口。

黑豆十八岁那年进的城。那时这乡下人进城，就跟城里人如今买车似的，赶时髦，不管你会开不会开，家里要是没有一辆小车，会被大家笑话。那么，不管你有本事没本事，不管你是男是女，你要是十八岁还不进城打工，还不想着去城里挣一大笔钱，还窝在家里种庄稼，会被村里人笑话。

不管你什么牌子，黑豆他们叫轿车，统统叫小车。卡车，拉货的车，他们叫大车。黑豆十八岁那年，是站在大车车兜里像货一样从老鹰垭口拉进城的，所以，对进城，他没有什么好显摆的。更何况，大车进城，只能把他下在城边边上，所以，黑豆后来就住在城边边上，这，就更不能显摆了。

黑豆住在狗街。

狗街是条什么街？拿黑豆遇到的一件事来说。

黑豆在城里找的第一份工作，是火车站的装卸工。就是从一节节车厢里下煤、装水泥、扛大米……下煤的活不是人干的，一车煤铲下来，鼻孔里都塞满了煤灰，这人得洗三天澡才能洗干净。装水泥更苦，又重又灰，一车装完，人已经干不动别的活。黑豆装水泥时不敢讲话，工头说过，装水泥的时候不要说话，要憋着力气。扛大米好点，不黑也不灰，干净，就觉得轻，扛起来不费力。

这样一天的力气卖下来，黑豆再回到狗街的住处，经常是洗洗就睡，一沾枕头就睡着，哪还有什么劲头胡思乱想！隔壁的老黑妹骂他，说："小短命的，天天关着门挺尸呢，怕老娘把你吃了不成！一个扛大包的，装什么鸟？下来瞧电视嘛！"黑豆要是睡着了，就不跟她计较，要是没睡着，就会有气无力回一句："房里的彩电呢？不是说带彩电吗？"老黑妹就说："一楼大伙一起瞧！三十块钱住一晚，小短命的，你还以为住大酒店呀！"

这天老黑妹终于忍不住，"咣当"一脚踢开黑豆的门，人就钻了进来。黑豆的房很小，巴掌大块地，要是开着门，就只能坐床上，关上门，也只能站起来活动活动。弯个腰伸个胯，都要小心头。老黑妹当然关了门，一屁股坐床上，说："我今天就来瞧瞧你整天关着门干个啥子？"黑豆"咣当"一下坐起来，又想起自己没有穿衣裳，忙"唰拉"一下躲回被窝里，死死裹着，捂住了头。老黑妹火起，扯着被子往外挣，黑豆夹得紧，挣不开，老黑妹没办法，想了想，伸手就往被窝里掏。

这个时候，三四个警察推门闯将进来。

黑豆后来才知道，原来狗街这地方，因为住的便宜，加上有老黑妹这样的女人，就不安宁。除了嫖客，这里有小偷，有逃犯，还有打架的、抢劫的、杀人的……城里的警察都知道，要想查个什么案子，就来狗街，两头一堵，中间开花，敲山震虎，敲簸箕吓雀，保准八九不离十。

这天警察是来开展扫黄大行动的。见他们这样，一致认为抓了现行。就厉声吼起来，叫老黑妹靠墙蹲着，一把拉开黑豆的被窝，见光溜溜一条，更是兴奋，一个年纪大的警察冲黑豆吼："起来，把衣服穿好，跟我们走。"老黑妹这时急了，说不关他的事！旁边一个年轻警察立马把她胳膊反扭起来，说："不关他的事？在床上抓着了，还不关他的事？"老黑妹嘴硬，这个时候，还敢喊冤，说："就不关他的事，这屋里，只有床没有座呀！"

后来警察还是把他们两人放了。那是第二天早晨的事，那个年纪大的警察把在场院上蹲了一夜的黑豆带进了办公室，叫那个年轻的警察找黑豆的身份证。瞧着自己的身份证从一叠嫖客和女人的身份证中间翻出来，黑豆有点想哭，那是他满十八岁时，他妈在街子天带他去镇上的派出所办的。黑豆想起他妈把身份证递到他手里，咧开嘴笑的样子，笑哈哈地说：“我们家黑豆长大了，有身份证了。”年纪大的警察后来也把身份证递给他，不笑，很严肃，说：“你可以走了，记住，不准乱搞男女关系！”

老黑妹在派出所门口等他。黑豆当然不理，扯直出了门，朝狗街走。老黑妹就说：“小短命的，还委屈你了！怕个啥？我帮你撑着呢！我打死了不认，他们就拿你没办法。”黑豆说：“我不理你，你乱搞男女关系。”老黑妹一愣，接着哈哈大笑，笑着笑着，在黑豆身后咬牙切齿，说：“黑豆，你等我混出个人样来！”

从那时起，黑豆就想混出个人样来。

后来还行，在火车站干了一段时间，黑豆终于在城里找到了工作——送矿泉水。黑豆一身力气，送水这活，最适合他。你让他拎一桶再扛一桶，一口气爬个七八楼，他还笑眯眯、稳当当地一声不吭。老板最满意黑豆这身板，暗自欢喜，说：“这才叫专业对口呢。”

老板一欢喜，很多地方就惯着黑豆。比方说，吃晌午。送水这活，开着工资拿着月薪，老板从来是不管饭的。黑豆不行，黑豆说他要吃晌午。老板一听，只好给他吃。在老鹰垭口，晌午就是午饭后晚饭前的加餐，黑豆吃晌午，就权当是给马加个料，老板想得通。黑豆不这样看，黑豆认为这是他比别人特殊和值得骄傲的地方，用城里人的话来讲，这叫待遇。有本事，才有待遇，本事越大，待遇越高。换句话说，黑豆觉得自己就是不一般。

所以，一般这顿晌午，黑豆都要吃大碗米线，再加个冒子，十块钱。他吃得慢，仔细，一根米线一根米线地数，抬着大碗到处显摆，最后，非要把粘在碗底的一点辣子皮皮都扒进嘴里，才肯歇。一个月当中的好几天，黑豆还不吃午饭，留着肚子吃晌午，这样一算，他就节约了好几十块钱。猴子他们几个说："你这哪儿是节约了好几十，你这是涨了两三百，只不过，被你吃肚子里了。"

猴子长得又瘦又小，像只猴子，也有力气，但力气比黑豆整整小一圈，所以，对于晌午，猴子他们敢怒不敢言，只要他们一提意见，老板就阴阳怪气，说："如今什么都缺，就是不缺人。"那意思，就是这晌午，只能黑豆一个人吃，谁要是有意见，就走人。黑豆得意得很，经常跟猴子他们说："我想咋个吃就咋个吃！"

黑豆就是这样，被惯出毛病来了。

比方说，哈口大。在城里这一带，哈口就是吹牛皮带吓人的意思，就是威胁，就是扯虎皮做大旗，另外，还带着显摆的意思。黑豆哈口一大，吓着和威胁着的，肯定是他们老板。有一天黑豆高兴，吃大碗米线的时候就说开了，他说龙凤山别墅区的一个大老板，见他力气大，一口气就可以往家里提两桶水，就喊他去他工地干，当头头。有一天黑豆不高兴，吃不下米线，就把大碗一放，说，紫溪山小区有个大老板，见他力气大，一口气可以往家里提两桶水，要请他去他煤矿上干，当头头。老板听着，哭笑不得。你想想，高兴不高兴都放这哈口，说明黑豆就是不高兴了，不满意了。

一想，就给黑豆加了工资。

黑豆除了这一点不好，其他样样都好。每天吃了那碗米线，再远的地方打电话要水，他都抢着送。有些小区是老房子，六七层高，没有电梯，猴子他们就不愿意去，这种时候，黑豆扛着水就走，就像扛着炸药包炸碉堡似的。因为他，还发展了不少客户，尤其是那些新开发的小区。所以，加点工资就加点工资了，人家老板愿意。

黑豆尝到了甜头，送起水来，就格外用心。每进一家，从人到摆设，都要仔细观察，要是有机会，还要扯两句，套套近乎，好用来当吹牛皮吓人的资本。

这样，黑豆就认识了郑文清。

那天，是杨柳小区一家新客户要水。杨柳小区的房子老，基本没有电梯，这活，照样是黑豆去。巧了，星期天，黑豆敲开五楼的门，正好碰见郑文清。

房子不大，黑豆一打量，一百多平方米，同他见过的别墅区相比，有点窄，挤脚夹手的，但干净，地板拖得亮晃晃的。郑文清爱管闲事，一看就是男主人，黑豆一脚踩进去，郑文清就盯着他的脚，好像看得见他汗津津的脚印似的。后来在饮水机前，郑文清还多余问了一句："你能不能把水桶帮我们装上去。"黑豆说："当然，本来就要装好的。"说完，一只手就把满满一桶水轻轻提起来，轻轻卡进饮水机里，就像把一双筷子，轻轻插进米缸里。

郑文清见了，赞叹不已，说："嚯，小伙子力气不小。"说完忙叫厨房里忙的女人出来付水钱。那女人围着围裙，递过十块钱，还问黑豆："以后我们买水票，是不是有优惠？"黑豆说："是，是是是。"那女人有点老，白头发都有好几根了，从年龄上判断是郑文清的媳妇。

做完了这些，郑文清还把他送到门口，彬彬有礼的样子，还客气，关门的时候，说了声"谢谢"。

黑豆忙回头笑笑，就记住了他。

又过了两天，龙凤山别墅区有人要水，太远了，猴子他们又不愿意去，还是黑豆送。

敲开门，黑豆又见着了郑文清。

郑文清见到黑豆，先是一愣，很短的惊讶之后就镇定下来。反而黑豆镇定不下来，总是冲着郑文清笑，拿着郑文清瞟。倒把郑文清逼慌了，闪到一旁，不出声气。

房子好大，黑豆一看，起码三层楼，两三百平方米，宽得可以在里面翻空心跟头。地板拖得更亮了，像是抹了层猪油，不小心还会滑跌倒。

这回管闲事的，是女人。女人从跑步机上下来，脸红扑扑的，声音娇滴滴的，一看，就比杨柳小区郑文清他媳妇年轻白净得多。女人匆匆忙忙走过来，拍拍郑文清的肩膀，嗔怪说：“文清呀，怎么也不晓得让他换拖鞋，你要累死我！”郑文清没搭腔，身子深深缩进了宽大的沙发里。接着女人就冲黑豆吼：“你们呀，可不可以服务水平提高一点，进人家门，起码要戴鞋套呀。”

后来又问：“你们这水好吗？质量过不过得了关？”黑豆忙答：“我们这水，是直接从山泉龙潭接了就装桶的，可以生吃。”女人的声音就高起来，说：“钱再贵都不是问题，主要是水质要好，我们吃吃看，不行，再换别家的。”

也就一两分钟的事，出门的时候，女人还追着叮嘱：“下次来的时候注意点，进人家门，要戴鞋套的！”黑豆连声应着下了楼，发觉自己一身冷汗，连脚底板都是湿的。

后来就来往起来。杨柳小区这边要水，总是郑文清打电话。龙凤山别墅区呢，又一直是年轻女人打。杨柳小区这边，依然是郑文清管事，黑豆来了，主要是他负责应对。龙凤山别墅区呢，年轻女人管，郑文清总是不说话，缩在沙发里，房间大，老远，有时候只看得见几缕露在沙发背后的头发。黑豆极其聪明，见了这些，从来不说话，像是没有的事。这态度，让郑文清喜欢，有时候，就让他帮着干点活。

有一天黑豆来杨柳小区送水，郑文清正在搬书架，就叫黑豆搭把手。黑豆说：“我来我来，你指挥就行。”指挥是郑文清最擅长的，黑豆无意中说到了点子上，郑文清高兴，在他走时给了他五十块钱。龙凤山别墅区黑豆也干过活，是那年轻女人分派的，装好水拎着空桶要出门的时候，那女人总会让他做点事情，要么帮忙提一袋垃圾，要么帮忙抬几个纸箱。顺手的轻巧活计，黑豆大方，从不嫌弃。

这样说来，黑豆郑文水跟局长郑文清，还真有点关系呢。

保安分两种，一种是保安公司分派来的，这些保安都是经过专业培训，素质高、警惕性强，守在门口，基本上六亲不认。这样，保安公司收的钱就高。还有一种是由单位自己招的，人就不如保安公司专业的了，但便宜，穿着保安衣裳往那儿一站，照样能唬人。更何况招人的时候，七大姑八大姨，还可以讲点关系、走点后门。

黑豆属于后一种，但黑豆没有讲关系走后门，靠的是一身的蛮力和吓人的肌肉。可是，当保安和送水，用陆哥的话来讲，拿的钱差不多，黑豆为什么要干保安呢？人家黑豆说了，干保安不比送水挣钱，但威风得很！

反正，黑豆现在就叫郑文水了。反正，保安郑文水就是觉得，自己就是跟局长郑文清有关系。至于这关系到底是什么，他说不清楚，谁也说不清楚。有一天郑文清在台上作报告，郑文水远远听到两嗓子，说是每个人年终考核的任务和目标，就像摘桃子，看得见，但要跳起来才够得着。郑文水就想，他跟郑文清，怕也是摘桃子哟。

所以，当保安队长陆哥说他癞蛤蟆打哈欠、吹牛皮玩哈口的时候，郑文水根本不答应，一巴掌拍在桌子上，说："陆哥，不相信就算了，以后你要是有什么事，别来找我！"

有什么事？能有什么事？自己老实巴交，保卫着一个单位的平安，能有什么事？陆哥回去想了一晚上，也想不明白。后来，还是他老婆劝，说："不怕一万只怕万一，宁可信其有，不可信其无。多大个事，明天你请人家吃顿饭喝个酒，都是自家兄弟呀同事的。"

你别看陆哥人高马大，满脸的络腮胡，可惜是个门槛怂，样样事事都听老婆的。第二天，还真就请了。酒杯一抬起，还真就服了软，说："兄弟，以后，多担待着点，哥哥我当这个队长，责任大，不容易。要是有什么事，见了局长，多说好话多说好话。”

郑文水不接话，顾左右而言他，敬的酒倒是喝了，放下酒杯来，指着桌上的那碗千张肉，说：“肉好吃，肉好吃，这千张肉更好吃。我小时候，想要吃块这样的肉，那非得等到过年了。我这人，别的本事没有，就是有一身力气，别的想法没有，这辈子就想着讨个媳妇，顿顿能吃上个红烧肉千张肉什么的。”

郑文水这样子，陆哥倒是没想到，愣了半天，自己闷口酒，清一阵嗓子，也就只有跟着讲肉的事，说：“文水兄弟放心，日后，有陆哥我的肉，就有兄弟你的肉。”这句话一出口，很奇怪，对郑文水的关系，突然就信了大半。回家再说起，他老婆就总结，说：“你们啊！人家说的时候，你们不信，人家不说了，你们倒信了。”陆哥这回彻底蒙了，问他老婆：“那你说说，到底信还是不信？”他老婆说：“连你都信了，我还不信？”

陆哥头天请郑文水喝酒，保安队的兄弟们第二天就知道了，一商量，大家立马凑了份子，又请他喝。酒桌上，都慌着给郑文水敬酒，有的叫兄弟，有的叫大哥，都说：“今后要是有什么事，还要请你多担待，局长那儿，多说好话多说好话。”郑文水一边喝着，一边觉得好笑，心想，你们会有什么事，谁犯得着跟你们有什么事？

想着想着，就说出来，说：“你们会有什么事？”大家一听，突然间变得出奇的安静，都眼巴巴瞧着他，好像突然间，都巴不得自己有个什么事。有个叫张栓的，平时同郑文水值一个班，走得近，胆子大点，就说：“不好说不好说，兄弟，万一呢？”

郑文水料定这帮人不会有什么事，小泥鳅还想翻大埂子？再加上酒敬得有点多，脑壳一热，就说：“放心，你们要是有什么事，全包在我身上！”

“哄”一声，大家就彻底放下心来，高兴得像是过年。酒下得更快，肉全都往自己嘴里塞，好像这辈子，再也不用担心了。于是，再敬酒，就全都喊起郑文水大哥来。郑文水更高兴，脑壳一直热着，觉得自己改的这个名字，改在了要害处。再喝几杯酒，再吃几块肉，郑文水脑壳更热了，晕乎乎就喊：“走，我带你们去杨柳小区局长家喝茶去！”

大家一听，酒都吓了醒过来，几个酒喝得多的，就要走，说：“郑文水去到局长家，怎么也有几分薄面。”酒喝得少的几个，还是想了想，说：“怕是不敢去，面子是人家郑文水郑大哥的，我们几个去，怕是不能空着手。”

大家只好作罢，全都拿着郑文水瞧。郑文水这时眼睛一瞪，咬牙切齿嚼着一坨红烧肉，说：“谁叫你们送东西了？人家局长瞧得上你们送的东西？不敢去就是不敢去，别拿我和文清哥瞎联系，是不是？”

大家就都赔着笑，都说：“是，是不敢去。打死我们，都不敢去。”

这样的酒喝过两顿，事情就裹搅起来。大家稀里糊涂，分不清郑文水和郑文清这关系到底是谁先承认的，是大家都承认了，还是只有几个人认，是几个人认了大家都跟着认，还是大家都认了几个人只好认，是哪个人先认的，哪个人跟着认的。陆哥说：“不管了！难得糊涂，小心驶得万年船。既然大家都认了，那么，大家就都给我小心点，信总比不信好，大家以后，都叫郑哥。”

之后，再遇到郑文水，大家都变得小心起来。烦人的琐事杂务，大家都抢着干，露脸的大事要务，大家基本躲朝一边，让郑文水干。比如，春天来了，单位上的一排海棠树开花了，花红得像女人的嘴，让人浮想联翩，春心荡漾。花啊，有开就有谢，这海棠花有个特点，花期短，谢的时候掉花瓣，风一吹，满天粉红的花瓣纷纷扬扬，落到地上，厚厚的一层，见了，叫人怜。当班的时候，张栓二话不说，拿起大扫帚就去扫，郑文水呢，只负责怜了。

比如，局长的车开过来，要出门。这个时候，扫完地的张栓就缩起头，让郑文水上。单位的门是那种电动梭拉门，有个遥控，轻轻一按，门就“唰啦啦”梭拉开来，不费什么力气，方便得很。一到这时，郑文水就像过了电，浑身一颤，野马般冲出值班室，拿起遥控对着那门使劲按一下，就像对着敌人使劲开一枪，等门开了，不管有人没人，他都要对着门外的街道喊：“让开！让开！”

想想，郑文水人高马大，保安的衣裳撑得笔挺挺的，这样一喊，倒真个显出威风来了。

当然，郑文水并不是就这样不上档次。遇到值夜班，积极得很，经常不睡觉，到处巡逻，拿着个强光手电筒，一个单位到处照。张栓就不行了，一到后半夜，经常打瞌睡，郑文水也不管，让他睡，为此，张栓感激着呢。

人家说，久走夜路必碰鬼，郑文水巡逻久了，还真让他碰上了一回。那天也是巧，郑文水巡逻了一半，尿急，鬼使神差，不想进厕所，就躲在办公大楼花园里的一棵大树后，尿起来。尿着尿着，突然有声音，抬头一看，一个贼正顺着排水管，往三楼上爬呢。郑文水很镇静，一直等着尿完，这才悄悄摸回值班室，摇醒张栓，让他赶紧打电话给陆哥，叫人。

不到十分钟，陆哥带着人就赶到了，问：“人呢？”郑文水说：“我看着呢，还在。”之后，陆哥带人从正面楼梯悄悄上，郑文水顺着排水管，三两下翻了进去。

那贼正偷得兴起呢，办公室的柜子刚刚被他撬开来，突见郑文水从天而降，丢下工具拉开门就跑。郑文水喊一声：“给我堵死了。”跟着追了上去。

没跑几步，遇上陆哥十几个人，那贼顿得一顿，亮出刀就挥舞开来，吓得十几个人纷纷往两边闪，张栓几个怂，还抱着头。郑文水骂了一声，一步赶到，伸手就夺。那贼听到后面的动静，一刀朝后挥来，郑文水没躲开，手臂上被划开一条长口子，疼得龇牙咧嘴。还好没有退，就势一把，抓住了那贼的手腕，一个反扭，扛水泥似地把那贼扛起来，重重摔在地上。

贼抓住了，郑文水手臂上缝了十几针，立马成了英雄。局长在大会上表扬，说是为单位挽回了多少多少经济损失，最最重要的是，文件一份都没有丢，给单位省去了多少麻烦。又是发奖状，又是发奖金，公安局也来凑热闹，当场就给他颁发了“治安先进个人”的大红烫金证书。

哦哟哟，郑文水那个风光，那个得意，就别提了。手缠着绷带，挂在脖子上，到处喝酒，“谦虚”得很，见了人，不说话了，只把那只手朝桌子上一放，立刻羡煞多少人。那个时候，大家都巴不得自己手上也有几条伤口和绷带呢!

就连陆哥，都忍不住，慌着忙着就要把小姨妹介绍给他。事情不知道怎样说起来的，反正，那天晚上从郑文水的绷带开始，说着说着，两口子就说到了小姨妹身上。陆哥的老婆眼睛一亮，照着陆哥就是一巴掌，说：“对呀对呀，我怎么连自己的妹子都没有想到，介绍给他介绍给他，要是我妹子能嫁给他，那就是跟局长攀上了亲，那我们今后的日子就不愁了。”

陆哥歪歪嘴，顶瞧不上他老婆这样子，说：“闷起闷起，怎么话一到你嘴里头，就听着不舒服。我不是那个意思，谁要跟局长攀了？脑壳进水。我是说，这郑文水瞧着不错，英气逼人，白妹呢，也到了找对象的年纪，正当妙龄，两个人介绍在一起，正合适正合适。”陆哥的老婆不服气，想了想，说：“至少，也应该是美女配英雄嘛。”陆哥想了想这句话，有点气短，不想在这件事上纠缠，就岔开话题，说起让两个人怎样见面的事来。

陆哥的老婆姓白，小姨妹自然叫小白妹。老婆是丹凤眼，轮到小白妹身上，变成了吊角眼。看上一眼，就不想多看第二眼。小白妹不这样看，天天照镜子，涂脂抹粉不说，还从镜子里照出她那双眼睛的好来，经常说："我这身上，没有一样长得好，就是这双眼睛好。瞧我这眼睛，比我姐姐的还媚呢。"

当然，人看人，凭眼神，你要是眼神对上了，怎么瞧，都觉得喜欢。所以，人家小白妹照镜子说出来的话，也有她的道理。

郑文水就是。郑文水一见小白妹，就觉得喜欢，怎么看怎么喜欢。小白妹长得白，那皮肤脸面，白得像他最喜欢吃的米线一样，又嫩又滑，你要是轻轻一按，保证能汪出一汪水来，保证比他送的矿泉水还清，还甜。最重要的是，小白妹是在龙街上班，龙街跟他住的狗街比起来，不是闹着玩的，那可是郑文水进城来经常梦到的地方。

这样说吧，狗街和龙街，一个在坡尾一个在坡头，狗街的南口，正对着龙街的北口，若不是中间横隔着一条风驰电掣的大马路，两条街完全可以变成一条街。怪得很呢，就这么一隔，两条街，完全就是两个不同的世界。

狗街是乡下人的，龙街是城里人的，狗街住着进城打工的乡下人，龙街走着轻松悠闲的城里人。狗街上卖的，是烧苞谷、烤洋芋、羊肉米线，最多还有点炒饭之类，油烟飘起来，一混合，终日弥漫着一股破抹布的味道。龙街就不同了，到处飘散着轻音乐，或者，吉他弹唱的声音，卖的是披萨、葡萄酒、汉堡、水果沙拉、黑啤和冰淇淋，最差，也是个韩国烧烤。小饭馆小酒馆的墙上，都贴着西藏的照片，还放着很多旅行的书呢。郑文水常常从那儿路过，也常常送那条街的水，有一天同一个打电话的女人楼道上擦肩而过，郑文水就觉得，这条街上，都飘满了那个女人的体香。他梦想着有朝一日，一定坐在龙街的阳光下，悠闲地点上一桌菜，也听听音乐，享受一下时光。

所以，一见面，听说小白妹在龙街一家餐厅做服务员，郑文水的心里就扯出一道光来。他们见面后的第一顿饭，自然就在龙街的餐厅里吃。郑文水本来就不会用刀和叉，菜也不会点，这回缠着绷带，就找到了借口，心里坦然得很。反过来，人家小白妹什么都会，变成了服务员，一会儿送叉，一会儿切牛排，一会儿在他盘子里放块比萨，加点沙拉。那情形，让郑文水震撼不已。也就是说，小白妹像个天使，轻轻就收拾了他。

结账的时候，人家还有账单呢，郑文水一看，四百多，他想都没想就掏了，根本没有感觉贵。后来他觉得很奇怪，还想，我怎么就没有感觉到贵呢？我怎么一点心疼的感觉都没有呢？

事情太新鲜，一传出来，保安队的兄弟们彻底憨了，乱了阵脚。不知道是该跟着郑文水高兴呢，还是该劝他别高兴得太早。大家都是保安，几乎都从农村来，哪个敢在城里搞对象？连边边都别想沾。大家都不知道该跟郑文水说什么了，都说："郑文水呀，这是重新投胎换种呀。"

等缓过神来，张栓才试着说："人家郑哥，这不是抓贼立功了吗？"有人马上接过话，说："对对对，哪个有郑哥那本事，硬生生把小贼的刀抢过来，抢过来还不说，还把小贼扛起来摔地上。"张栓说："那晚我就在旁边，人家郑哥扛那小贼，就像抬个酒杯！"有人说："对呀，那个时候，哪个敢抢刀，不怕死，哪个怕是就抢着小姨妹了。"还有人就撇撇嘴，说："想得美！要不是郑哥跟局长有关系，陆哥肯把小姨妹介绍给他？你就是再抓十个小贼，也别想挨着人家一毛边边。"大家这才开了窍，说："哦！哦哦哦！"声气一出，又不说话了，像是都在钻头觅缝想。

过上一阵，有人开始嫉妒，阴阳怪气地说：“你们个个都说郑哥跟郑局长有关系，我怎么没见郑局长跟他说过一句话呢？至少，他要跟郑局长说句话，让我们听听呀！”大家又说：“哦！哦哦哦！”

这些议论，传到郑文水耳朵里，连他自己都吓一跳，也“哦哦哦”半天，想，是呀，怎么局长从来没有正眼看过我一眼呢？后来转念一想，又笑起来，想，局长跟我说过话还是没有说过话，跟你们有什么关系！局长又不是我爹！

重要的是，小白妹现在跟郑文水说话。

小白妹说：“哥，你得答应我一件事。”郑文水点点头，问：“什么事？”小白妹欲言又止，想了想，说：“还是算了。”郑文水一听小白妹这样说，就知道她遇到了难事，忙着又问：“什么事？你说嘛，你说来我听听，不是吹，我郑文水，是最喜欢帮忙的。”小白妹的眼睛突然红起来，那吊角眼，连额头都红了一半，郑文水心疼死了，就要伸手去摸。小白妹避开来，愁肠百结地走了。这样子，让郑文水心里好一阵慌。

又过了几天，郑文水打电话约小白妹看电影，小白妹在电话那边想了想，问：“几点？”郑文水说：“你说几点就几点，我休息。”小白妹就说：“好。”郑文水放下电话突然想起来，这个小白妹，奇怪得很，平时从来不主动，但只要你一打电话，一约她，她就会在电话那边想一阵，然后就答应：“好。”

有了这个想法，郑文水突然觉得，小白妹更让他喜欢了。

那晚边看电影，郑文水边就把自己这个想法说给她听，说：“小白妹，什么时候你也打个电话约约我嘛！”小白妹先一愣，接着眼睛又红了。郑文水伤的是右手，绷带还缠着，小白妹坐在他右边，就怎么也不好伸手去摸她。

还真是出事了。

事情出在张栓身上，那天他迟到了。本来迟到这种事，要放在平时，也就是陆哥走走过场，骂两句，警告两声，气一消，事情就完。可那天复杂，那天单位办大事，是个什么什么启动仪式，市里的分管领导和相关部门的主要负责人都要来。大早上，人家音响公司就来了，大喇叭里放着《好日子》，这个时候，局长反复交代，保安一个都不准少，必须全部到位，先是负责清理停车场上的闲杂车辆，保证来宾的车位。等领导进门，保安必须一个人一个岗，笔直站立，敬礼，衬托单位形象，其他人员，一律微笑，鼓掌迎接。

局长一动员，单位群情振奋，个个热情高涨，头天打扫卫生，就连平时懒洋洋的几个人，都提着个扫把在局长面前晃。这种事，单位几年都遇不上一回，所以，谁都不敢大意。

郑文水同张栓一个组，敬礼的岗，分在大门口，那可是代表单位形象的第一岗，开不得玩笑。也是陆哥大意，分岗的时候，只顾想着让高高大大刚立功不久的郑文水站在大门口，到时候局长领着领导们一进大门，郑文水一敬礼，肯定给局长提气。郑文水还提醒过他，说：“陆哥，我这手，还缠着绷带呢。”陆哥说：“你能不能把你那吊丧的白布给我扯下来，单位上的大事，开什么玩笑。”

郑文水只好去了趟医院，把绷带拆了，回来大伙一瞧，都说他那伤口早就好了。

陆哥考虑的是郑文水，根本没有想起张栓来。张栓站哪儿？自然，他和郑文水分站大门两边。后来陆哥很后悔，想，当时要是多想一下，深思熟虑，让张栓站在树背后，谁会在意他迟到呀？他就是不来也没人管。

郑文水也大意，那天早上见张栓不来，也没有想着汇报，只一个劲偷偷给张栓打电话，憨呐，只会想，他怕是睡过头了。电话打了三个，张栓没有接，等再打第四个时，已经来不及了，局长已经迎接着市里的领导，带着往大门口走了。郑文水只好悄悄把手机揣裤兜里，一个立正，敬起了礼。

大门口缺了一个人。没有想到，这一切，被细心的局长看在眼里。第二天，局长来到值班室，让陆哥召集所有人开会。问起头天的事，陆哥还不知道呢，又问郑文水，才大概了解了。局长发火了，雷霆万钧，骂了些什么，大家都没有记住，最后，只记得局长指着陆哥说："我要处分你。"又指着张栓说："我要开除你。"

张栓当天就急得差点跪在郑文水面前，求他，说："你不是跟局长有关系吗？你帮我跟局长说一声，我真的不是故意的，我能干好这工作，郑哥，我不能没有这工作呀！"

郑文水瞧了张栓一眼，不知为什么，鬼火一下就起来了，说了句："关我什么事。"拍拍屁股，扬长而去。

没有想到，晚上，小白妹主动打电话约他。郑文水当然慌着忙着见，觉得有什么好事要来。小白妹约郑文水吃晚饭，地点是龙街的西餐厅。小白妹照样像个天使，在郑文水身边忙前忙后，一会儿送叉，一会儿切牛排，一会儿在他盘子里放块比萨，加点沙拉，这一回，还多了冰淇淋和奶昔。

那天晚上他们喝了很多酒，郑文水有点醉，小白妹提前把账结了，他也没有反应过来。出门走了一截，才猛一头想起，折返身就要回去重新付。小白妹不让，一把拉住，郑文水心里就有点放不下，说："小白妹，你看不起我？"小白妹说："郑哥，不是，我有事求你。"郑文水还闹呢，掏出钱来，拉着小白妹就往她兜里塞，说："小白妹，你要是看得起我，就把钱收着，在我们老家，讨媳妇哪有不先下彩礼的？拿着。"

小白妹挣得猛，一把将他推开来，喘着气，说："文水哥，我真的有事求你。真的。"

那晚，他们去了医院。

张栓在那儿。是碰上的，张栓穿着保安衣裳，抬着个尿盆，一副兴冲冲的样子，根本瞧不见要被开除的晦气。郑文水拉着小白妹就要躲，小白妹反过来，丢开他的手，朝张栓迎了上去。

很奇怪，张栓见了小白妹，高兴得像是见着了女朋友，尿盆往旁边一扔，两只手使劲在保安衣裳上擦。小白妹不管，一把拉过来捏着，才转身招呼郑文水。

到了这个份上，郑文水只好冲张栓笑笑，跟着他们进了病房。

病房里躺着个老人，小白妹说老人是张栓的爷爷。小白妹还说，张栓是他爷爷从小养大的。郑文水心想这话有毛病，到底是张栓他爷爷从小养大了张栓，还是张栓从小养大了他爷爷。

其实，都是。小白妹说："他们两个相依为命，张栓他爹死得早，他妈在他两岁的时候就跑了，张栓是靠他爷爷养大的。可也才养到五岁，他爷爷有病，后来煮饭干活，都是张栓的事。"小白妹后来说："我们两个是一个村一个班的，张栓学习特别好，全班第一名，后来初中毕业不敢再读书了，就带着爷爷出来打工，他打工，他爷爷捡破烂。"

小白妹说的这些，郑文水都听得懂，他甚至想，哪个过的不是这日子？搞不懂的，是这两个人的手一直拉在一起，小白妹说两句，还抬起眼瞧瞧张栓。张栓满脸通红，低头笑笑，像个新郎官。

小白妹说得快，一句一句，像是嘴巴在飞，不让人喘口气。后来她还补充，说："郑哥你想想，一个五岁的小娃娃，在灶台边站在凳子上煮饭，那样子，可怜不可怜？"

郑文水不想再看两个人拉手的样子，就去瞧爷爷。爷爷躺着，闭着眼睛不说话，像个假人，只有心脏监控仪在一跳一跳的。小白妹趁机说："张栓那天迟到，是因为他爷爷昏过去，在抢救。你瞧瞧，多好的一个人呀！"

后来郑文水要走，小白妹才丢开张栓的手，忙跟了出来。张栓客气，还要送送，郑文水不让，还丢下一句话：“我认得路。”

出来郑文水就想问他们拉手的事，想了半天，硬是开不了口，就憋着，连眼睛都快憋红了。还是小白妹看出来，说：“郑哥，我和张栓老早就好了，他出来打工，我也跟着出来打工。是我姐姐和姐夫不知道，硬要把我介绍给你。你说，我能干这种事吗？还有，我能让他们知道我跟张栓好吗？后来我姐夫老在我面前夸你，说你跟局长有关系，我只好来求你，头一回，是想让你跟局长说说，给张栓调个班，他爷爷病了，晚上要照顾，别让他值夜班了。可我想了好几回，就是开不了这个口，你说，我为什么就开不了这个口呢？”

小白妹这个问题一出来，天上的月亮就往医院池塘里钻，亮闪亮闪的，郑文水看见了水面的波光，朝他们细细碎碎涌过来。他就叹口气，说：“那，你们好吧。”小白妹一听这话，反倒慌了，求郑文水，说：“郑哥，这事，你千万别跟我姐夫讲，我现在的老板，是他一个朋友，他要是不高兴，我工作就没了。我要是没了工作，张栓他爷爷怎么办？张栓他爷爷病了，需要钱呢。”

郑文水不想再看月亮了，转身就走，又叹一口气，说：“你放心，你们好吧，另外，你告诉张栓，他那天求我的事，我答应了。”

要想让郑文水去找局长活动活动，别开除张栓，这可能吗？凭啥呀？郑文水这次，是硬着头皮上，是癞蛤蟆不打哈欠，硬充愣头青。

也巧，那天局长来拿包裹。也是运气，局长从来没有什么快递包裹的，那天有。郑文水正在想去局长办公室的办法，怎么敲门，怎么进去，第一句话该怎么说？突然天上掉馅饼，局长就来了。

郑文水忙迎上去，递过笔，说：“局长，登记登记。”

局长很奇怪，朝他看看，又笑笑，那样子，看上去饶有兴致，说：“嚯，拿个包裹还要登记？”说完点点头，低头写起名字来。

郑文水这个时候慌作一团，瞎掺和，说：“局长，你还记得我吗？”

局长“郑文清”三个字刚写完，抬头看看他，笑而不答。

郑文水就慌，说：“我给你家送过水呢，局长记不记得，杨柳小区，龙凤小区？”

局长的脸一下板起，后来渐渐就铁青了，又扭头看了他一眼，闷头一步走出老远。

很快，就像这城里谁放了个屁，第二天，郑文水被开除了。陆哥苦着脸跟局长求情，说：“开除张栓，又开除郑文水，这这这保安不够，排不了班了。”局长说：“很简单，让张栓留下来嘛。”

后来郑文水又回到狗街，老黑妹见了，兴高采烈，喊他：“黑豆，那么长日子不见，还以为你去哪儿挣大钱吃好的了呢。”

郑文水皱起眉头，恨得很，说：“老子不叫黑豆，老子叫郑文水。”

完

《入乡问山录——群山匍匐》之三：

PART 3 一地辣椒

一

老鹰垭口的人搬进城里一半，另一半条件好的，就留在村里，领了政府的补助，家家户户盖了新房子，安生下来。

老鹰垭口在哪里？从象鼻岭乡村级行政分布图上，都很难找得着。乡长洪大生不信邪，鼻子贴着那张地图一直往北，翻山越岭，几乎半分来钟，才在尖嘴山和陡崖山之间，找到了一条蛇一样盘桓的山沟沟。老鹰垭口，就蜷缩在那儿。这让洪大生很沮丧，这是他第一次从地图上，宏观而又全面地瞧见了从小把他养大的这个地方。

办公室秘书小陈，还拍马屁，说："乡长眼力真好，要是我们，怕是找不着了呢。"洪大生转头望了一眼这个刚刚从外省考来的大学毕业生，吓得年轻人不敢再多一句嘴。

尖嘴山和陡崖山，从等高线上看，足足有两千多米的海拔，顺着尖嘴山往北不远，顶多就是两三公里，就接矿石镇的小街子村了，之后，再盘旋而下十来公里，就上了国道，一条平直宽敞的柏油路，一直沿着一条叫金沙江的大河，通向另一个省。

十来公里，偏偏就是这十来公里，洪大生怎么也想不通，怎么就把好日子与穷日子区别开来？怎么就把好日子与穷日子划出一条弯弯扭扭的杠杠来了？要知道，如果从那条通往外省的柏油公路抬头往上看，老鹰垭口就变得云遮雾绕，像长在天上似的。

那么，再往南看。南边的陡崖山稍微矮点，连着象鼻岭乡，没有公路，只有村道，上坡下坡颠颠拐拐，也是十来公里。其实就是山连着山，爬完一座山又是一座山，拐过一个弯又是一个弯，洪大生小时候经常走。高寒山区只种得出苞谷洋芋和燕麦，没有一点希望。

洪大生扔了地图，对小陈说："走，我还不相信了。"

小陈忙给张小马偷偷打电话，说：“乡长要来乡长要来，你们赶紧准备赶紧准备准备。”那口气，像是远远站在山坡上，放倒了一棵消息树。

张小马放下电话就骂了一声：“今天怕是撞着鬼了。”

张小马知道洪大生说的不相信是什么。本来是要去山下面的矿石镇当镇长的，偏偏闹着嚷着要回来，字面上的意思，是洪大生主动放弃大地方的官不当，心牵山乡，要带着家乡人民在脱贫攻坚后，一起往幸福日子的大道上闯呢。

张小马记不得是在哪儿瞧见这段文字的了，只记得他知道这个消息后，那一小片黑麻麻的字，就像蚂蚁一样在他心里拱挠开来。两件事，第一，听说洪大生要去山下的矿石镇当镇长，张小马心里高兴得像是讨媳妇。要知道，矿石镇正在修高铁，擦着小街子村，正在栽电杆架电线呢。听说小街子脚底，要修一条六七公里长的隧道。那是多大的工程呀？张小马别的不敢想，正盘算着贷款五六万买一辆卡车，走走矿石镇镇长洪大生的关系，去工地上拉石头呢。现在洪大生偏偏要回到象鼻岭这穷山沟沟来，你这不是堵了自家人的财路么，你这不是金子掉进苞谷堆堆，坑了大财了么？第二，你洪大生口口声声要回到家乡、建设家乡、带着家乡人民这这那那的，明眼人一眼就看出来，新官上任三把火，你不是要把这三把火，都烧到老鹰垭口来？

巧得很，乡长是新官上任，张小马也是新官上任，若论上任日期，张小马还比洪大生早三个月呢。只不过，人家洪大生级别高，是从县里直接戴帽子下来的，张小马嘛，是任老侃进城当楼长后，又重新从老鹰垭口老百姓中选出来的，矮骡子里面拔高骡子，没法比。

洪大生开会，有个习惯，就是在布置任务的时候，喜欢对全乡十多个村的村主任们说：“谁要是敢闪了象鼻岭乡的腰杆，杀头。”紧接着，抬手朝脖子上一挥，比个砍脑壳的动作。大家就脖子一缩，像是真的感觉到一阵冷风，从脖子根根上一划而过。

比如，殡葬改革吹风会上，洪大生的手朝脖子上挥过。维护全乡治安稳定的会上，洪大生的手朝脖子上挥过。脱贫攻坚与乡村振兴有效衔接的会上，洪大生的手朝脖子上挥过。就连贯彻落实人居环境改造的七项措施，要求每个村必须建盖最少三个冲水公厕的会上，洪大生的手也朝脖子上挥……从那时起，张小马就知道，洪大生就是个硬货狠角，“咔嚓”一声，他真的就能让你脑袋上的乌纱帽，当场掉在地上。

有一次，就是因为老鹰垭口的冲水公厕只盖起两个，洪大生指着张小马就骂：“不愿意干就给我抹帽子走人。不，我不让你辞职，要开除你，让你走之前背个处分，把你的老米钱都给你挺脱了，让你永辈子不得翻身。你也不瞧瞧你们村那点鬼样子，我随便拿出一个村出来，都比你们强。”

张小马脖子一缩，一口冷气倒涌上来，吓得一溜烟跑出去老远，像把尿撒在裤裆里似的。他知道，洪大生这个人说得出、做得出，不管你有什么原因、找什么理由，只要完不成任务，他真的就能剥了你的皮、抽了你的筋。

张小马不想被洪大生抽筋剥皮。也是两件事，一是张小马能够当上这个村主任，不仅是托了老鹰垭口乡亲们的福，众望所归，最重要的是，能让他爹脸皮上有光，有一种光宗耀祖的荣耀。怎么说呢？因为他爹在张小马小时候，就是村主任了。老鹰垭口那一千多亩的核桃树，就是张小马他爹带着人一棵一棵种出来的。

这还不说，张小马知道，能去县委党校与省委党校联合办的一个大学专科提高班学习，完全是因为他这个村主任的头衔。洪大生一上任，就给张小马带来了福气，说是全乡十多个村的村主任，考察下来，只有张小马年轻，还没有讨媳妇呢，又是个高中生，这个专科提高班的名额，经过研究，就推荐张小马去了。张小马当时还不想去，梗着脖子问：“专科班？啥子意思嘛？”洪大生气不打一处来，说：“这都不懂？专科提高班专科提高班，就是让你张小马去学习深造，拿个专科文凭。大学生，大学生懂吗？现在的村主任呀，文化都太低，太低了。”

说到大学生，张小马懂了。张小马这辈子做梦都不敢想，自己还能读个大学，还能拿个大学文凭。不仅张小马不敢想，张小马全家从上到下祖祖辈辈都不敢想，老张家到了张小马这一辈还能出个大学生呢。那个喜气洋洋呀，去县里报到的那天早上，炮仗都炸了一箩筐，好像那一山的雾，不是天上生出来的，而是他们家的鞭炮炸出来的，十里八乡都听见了那一串一串地响呢。

张小马觉得从他进县委党校的那一天起，他的命运好像就沾上了喜。怎么说呢，隔壁湾子村的姑娘王红梅，就是这时候撞着的。要知道，在老鹰垭口想讨个媳妇，比支个梯子爬到天上摘颗星星都难，比在老鹰垭口的荒石头山上找窝鸡枞、松茸都难。更何况，王红梅生得漂亮，白生生的皮肤，嫩得就像地里的苞谷在灌浆。那双眼睛，又大又黑，像树上刚刚成熟的两颗杏子，隐隐约约，还透着一种野野的酸和野野的甜。就连象鼻岭乡有名的文化大户，专门在村村寨寨唱戏吼山歌的小七妹都承认，王红梅是象鼻岭乡数一数二的美人呢。

他们是在县委党校门口的冷饮店里撞上的。每年夏天和冬天，利用暑假和寒假的空档，张小马他们那个专科提高班，都要集中脱产学习半把个月。也就是说，张小马的大学，大部分时间是自学，是荒山野岭、沟沟坎坎，只有到了暑假寒假，他才有了花红柳绿、书声琅琅校园的机会。

同样，张小马也才有了校园门口的冷饮店，也才有了逛冷饮店的时光。

王红梅像一枝雪地里盛开的红梅，每天都准时在冷饮店里的柜台后摇曳忙碌着。一开始，张小马是觉得那个小小的柜台神奇无比，里面有一台机器，可以根据顾客的需要，变出各种味道的冰淇淋来。有原味的、草莓味的、杧果味的、蓝莓味的……想想，张小马这样山沟沟里的硬脑壳，哪里见过这些，光“草莓”两个字，就能让他眼冒金星、头晕目眩。

可他又要装作见过，他觉得走到哪儿都不能丢了老鹰垭口的脸。恰恰是张小马的这个念头，让他在王红梅面前早早就露了馅。这女人何等机灵，也不说破，只是每次在张小马点完味道后，都要多问一句：“确定了吗？定了我就要去做了。”

张小马就不确定了，一脸的古怪，瞟上王红梅一眼，说：“什么定不定的？定，定了吧。”张小马心想，反正，我要把你店里冰淇淋，各种味道挨着吃一遍。

张小马其实不是来吃冰淇淋的，张小马一听见王红梅开口说话的口音调调，就知道她是王红梅了。怎么说呢，象鼻岭乡因为偏远，口音跟县里的不一样，倒是跟山连山、水连水的另外一个省的人说话很像。所谓的两地接壤，说的，就是象鼻岭了。一点都不夸张，一只鸟大早上飞出去找虫虫吃，等吃饱了，两个省都飞了三四遍了。人家是鸡鸣三地，在老鹰垭口，是鸟吃两省。

另一个，早就听说象鼻岭出了个大美人，说是人家早就进城打工了，说是人家那长相，象鼻岭哪里配得上嘛。说是人家说不定早就嫁大老板了，人家离开象鼻岭，就是大老板专门开着小车来接走的。神得很啊，仿佛王红梅身上的每一根汗毛，都可以拿去信用社贷款呢。

如今，这个一直在象鼻岭村村寨寨的人们嘴上挂着绕着的人，突然就出现在张小马面前，令张小马惊喜得晕头砸脑的。连续几天，他都在问：“这是真的吗？”他甚至突然就变得酸溜溜的，在心里对自己说，这真像个童话。

娘哎，这能不是童话吗？就像电影里似的，画上的人都走进学校旁边的冷饮店里来了，这让张小马莫名其妙就手慌脚乱起来，莫名其妙，他总在想，要是这人天生就不吃饭，只吃冰淇淋就好了。

教室也怪。学校的教学楼就在冷饮店的对面，隔着那条桂花树的枝叶摇晃着的街，在五楼上课的张小马只要一转头，就能远远瞧见王红梅。王红梅打开卷帘门了，王红梅支出冷饮店的牌牌和货架了，王红梅开始打扫卫生了，王红梅出门去拉矿泉水了……瞧着瞧着，张小马还会生出一丝一丝怜惜来，想，王红梅这日子，怎么就没有一个人帮帮她呢？

所以，张小马一直认为，他天天去吃一次冰淇淋，就是天天去帮王红梅了。只不过，那一个味道一个味道的冰淇淋吃下来，张小马的胃开始隐隐作痛，开始变得茶不思饭不想，真的还有点相思入魂的样子了。

等所有的味道吃得只剩原味时，张小马的胃疼得时常要用手悄悄摸摸使力杵着，还嘴硬，说："今天，就吃个原味的嘛。"

王红梅"扑哧"一声笑起来，露出珍珠般晶莹剔透的牙，问说："你喜欢吃冰淇淋呀？"张小马第一次听见王红梅主动跟自己说话，兴奋得快要把冷饮店的冰淇淋融化了似的，还强压着，不停点头。

王红梅又笑笑，说："你怕是从来没有吃过冰淇淋吧？"

二

张小马被王红梅问得牙齿和舌头打绊绊，可还是觉得，王红梅这样问得好，这样问，正是象鼻岭女人们打情骂俏的样子呢。

想想，王红梅都同张小马打情骂俏了，张小马哪里还舍得抹了老鹰垭口主任的帽子，哪里还能让你洪大生抽了筋剥了皮去。

张小马忙叫上村副主任张小旺，开着车迎出一里路，站在村口等。

两个人还没有把气喘顺嘴，洪大生的车就到了。黑漆漆的一辆越野车，车门上喷着“公务用车”四个大字。张小马一勾腰杆挨上去，拉开了车门，喊：“欢迎乡长回来。”

洪大生拎着水杯从车里出来，垮着个脸，迎着风背起手，刚好躲开了张小马伸过来的手，抬起头，往远处的尖嘴山尖尖望去，像是要从那里望出一朵彩云来。好半天才悠悠转过身，对张小马说：“走。”就又上了车，径直朝旁边的一条岔路颠簸而去。

张小马忙叫张小旺开车跟上去。他知道，乡长怕是要在这条坑坑洼洼的路上烧第一把火了。

老鹰垭口有两条路，一条是进村的主路，另一条，就是他们正在走的这条毛毛路。脱贫攻坚以前，两条路都是土路，又窄又破，用老鹰垭口里人的话讲，跟狗啃牛刨似的。路太难走，自己村里的人都走不出去，外边的人，哪个会来?

脱贫攻坚后，进村的主路修成了水泥路，又加宽了两米多，可以跑车了。你瞧村里那些出去打工的年轻人，逢年过节，哪个回来不买个小车开着。各种样式的都有，花花绿绿的，好看得很。各地的牌照都有，稀奇古怪的，你从他们车脑壳前的那个蓝牌牌上，就能知道他们走了多远，到了哪个地方。说句实话，老鹰垭口的年轻人，这些年，扎实在外边见了些世面。

而旁边这条岔路就见不着多少世面了，因为不是主路，没有人管，到了现在，还是那老样子，唯一可以说得上变化的，就是路面的坑越来越大，崴脚丫，弯弯拐拐的，车走在上面，怕是连轮胎都给你崴脱了。遇到下雨天，那坑坑，就变成了一个一个的小水塘。张小马有一天做梦，还梦见了那小水塘里养满了鱼呢。用老鹰垭口里人的话讲，丢人现眼，羊都不耐烦走、牛都不耐烦踩、猪都不耐烦拱。

张小马跟大家解释："这条路，三公里多点，要修好，恐怕要三百多万。"说到这里，张小马嘴里的调调常常高起来，说："三百万，你们怕是做梦接婆娘想得安逸。修修补补还差不多。"大家就起哄开来，说："张小马，老子们就是想修好这条路，开着车到矿石镇接婆娘呢。"

洪大生听说后，又把张小马一顿臭骂，说："张小马，看来你是脱了把把的锄头，一样都整不成。你晓不晓得，这条路虽然才有三公里，可它连着矿石镇的小街子村。老鹰垭口的人，天天上那儿赶街子不说，这条路，是象鼻岭乡的脸面，脸面你懂不懂？不想干，就给老子抹了帽子走人。"

张小马忙说："我晓得我晓得，我懂我懂。"洪大生又说："非要等有了三百万才动手？你们不会先拉个十几车石头垫垫，让路好走点，让矿石镇的人从这里过，感觉上好点，不笑话我们象鼻岭。"张小马先是面露难色，后来一瞟乡长的脸色，马上说："乡长你放心你放心，我们拉我们拉。"

乡长今天来，不会是来瞧他们垫的路吧？张小马稍稍松了一口气，想，还算好还算好，牛腿折了马脚杆抵，羊肠子扯在狗身上，路总算是勉勉强强想办法垫出来了。可是一转念，又惶惶起来，张小马知道，就这粗疙瘩搭糙兴面面的样子，你就是再垫多好，乡长还不是要被颠起老高八高来。

果真，乡长的车停在了一个刚刚填好的坑坑边，洪大生推开车门下来，使力朝那个坑里的碎石头狠狠踩上几脚，才夹着他的大水杯，又抬眼睛朝尖嘴山的山尖尖望。

张小马忙凑上去，说："乡长，要不，去小街子找个地方坐坐？"乡长的脸豆垮，一转头，阴得叫人心里毛凉凉的，说："张小马你是觉得，我们有脸去人家小街子坐？”张小马说：“随便吃个饭嘛。”洪大生说：“张小马，我只想问你一句话，你们村，是给我修这条路？还是种辣椒？”

张小马一下子恍悟了，原来乡长这次来，还真就是来烧他那三把火的。敌情侦查清楚，心里却像金沙江涨起来的水，翻腾得厉害，想了想，说：“我们老鹰垭口听乡长的，横直都行。只不过，修路要的本钱，太大。”

洪大生一个电话打到农科站站长那儿，说：“来老鹰垭口开会。”

农科站站长老袁年过不惑，带着两三个人赶到时，惊魂未定的样子，不知道哪里闯了大祸，就一直拿张小马恶狠狠瞪着。直到听乡长问他辣椒的事，才缓过气来。

乡长问：“老袁，老鹰垭口种的辣椒，同矿石镇比起来，怎么样？”老袁掏出个小本子，往上面记了几笔，才说：“请问乡长是要怎么比？”

张小马在心里“嗤”了一声，很不屑，想，还要怎么比？我们地势比他们高，肯定比他们好。

“可你的辣椒再好有什么用？再好，名头还不是被人家占去了。”乡长两句话就把他们呲了回去，大家这才想起来，人家矿石镇还有个名头，叫“中国辣椒之乡”。那意思，像是中国所有的辣椒都是他们种出来的了？还要不要脸呀。

矿石镇早就没有矿石了，就连那个远近闻名的跟矿石有关的大型企业，都搬到城里了。这两年，矿石镇就靠种辣椒一项，重新搞活了经济。象鼻岭乡很多老百姓都说，不是他们不如人，是命不如人呢。矿石镇在山脚，交通发达，那公路，又是省道又是国道的，还不说，前些年开通的高速公路在矿石镇开了一个入口。人家的辣椒，靠着四通八达的公路网，卖到七八个省去。你怎么比？所以说，不是老鹰垭口的辣椒不如人，是命不如人呢。

现在要通高铁了，火车隧道都挖到老鹰垭口山脚底了。老鹰垭口的老百姓眼睁睁望着盼着，做梦都想那火车能爬个坡坡，拐到老鹰垭口来。那么大的工程，听说十亿八亿往里面砸钱，你爬个坡坡会怎么了？可人家就是不爬，这么大块饼子，哪怕是一点渣渣，老鹰垭口都分不着，只在村子边边上，栽了几棵孤魂野鬼似的电线杆。

还有，听说还要在矿石镇建一个高铁站呢。这不就让矿石镇一下下就把象鼻岭甩出十万八千里去，人家心气也高了，就敢在镇上的高速公路口，立了块比个篮球场还大的牌牌，叫“中国辣椒之乡”，那阵势，像是要气死中国所有的辣椒似的。

不行。洪大生被这块牌牌气得半死，大会小会在台子上吼，说：“你们给我听好了，这是我们象鼻岭乡的耻辱。无论如何，都得给我种出比他们好的辣椒来。”说：“谁要是倒了象鼻岭乡的招牌，我就……”说着说着，又挥起手，朝脖子上比画过去。

道理就是这么个道理，哪个敢不明白？问题是，辣椒还是那个辣椒，都种了多少年了，你们到哪儿还找得出比矿石镇还好的辣椒种？你们这不是瞎子上坡坡，认不得高低么？

洪大生就有种。洪大生说：“工业辣椒。”洪大生还说：“今年先在全乡试种五百亩，明年推开，五千亩。”

乡长的话，不容置疑，落地有声。

工业辣椒是什么辣椒？老鹰垭口的人一个都不懂。任三篇家妈就问：“难道，还要给地里的辣椒装个小马达，像小车一样‘呜呜呜突突突’在村里跑？”郑德贵家妈一听，说：“哪样？怕是还要给辣椒装个小喇叭，天天在地里对着矿石镇那边喊，老娘的辣椒比你们种得好。”大家“哄”一声，笑得山响。张石头家妈干脆喊起来：“你们两个婆娘，身上那股骚气就能辣死一头牛了，还用种啥子辣椒嘛。哈哈哈，哈哈哈哈哈哈哈。”

任三篇家妈一听，眉毛竖到脑壳上，说：“呦，张石头家妈，照你这个意思，怕是野猪见了你，都不敢拱了。”大家更笑，中间夹杂着的男人们，都快笑得岔过气去，在那儿喊：“都辣都辣，都是辣婆娘，牛角都被你们辣弯了。”张石头家妈一听，哪里饶得了，眼睛一转一转的，屁股像是真的装了个小马达，“噌”一下站起来，说：“你们大家信不信，要是把任三篇家妈拎到金沙江里面涮涮，鱼都要辣得漂起来。哈哈哈，哈哈哈哈哈哈哈。”

什么乱七八糟的。张小马使力抓头，觉得自己浑身都是嘴，也不够眼前这几个女人臊的。忙喊：“散会，散会散会散会。”

只好去农科站又把老袁请来，又开会，才算讲清楚了。老袁说：“工业辣椒嘛，是种了统一卖给省里的一家供销公司的，人家统一卖辣秧种，统一收购，放心种。”任三篇家妈还不甘心，还是那个问题，问说：“那工业辣椒是什么辣椒嘛？”老袁一听，才一拍脑壳，说：“忘了忘了，忘了给大家仔细讲讲了。”

老袁说：“工业辣椒嘛，首先是不能吃的，是拿去生产一种工业涂料，涂在各种军舰呀轮船呀的脚底，这样，你就是在水里天天泡着，虫虫脑脑、小鱼小虾的，也不敢沾边边。”张石头家妈聪明，接嘴快，说：“袁站长你摆的这个龙门阵，是不是说我们种的辣椒，还能造军舰了？”老袁一愣，想了想，说：“是，是吧。”任三篇家妈立刻自豪起来，说：“不得了不得了，那我们也是麻雀窝窝换了凤凰窝，高贵起来了嘛。”

这一回，大家只是轻轻笑了两声，个个脸上，真像是一下就高贵起来了。

三

按照乡长洪大生的要求，老鹰垭口，要种五十亩。

而且，还不是村民自己种，是要求村里统一轮转土地，统一种。

这是乡长在脱贫攻坚后烧起来的第一把火。乡长在大会小会上强调：“这是壮大村集体经济的一块试验田，种好了，每亩有一万块钱左右的利润，比如老鹰垭口，除去成本，五十亩就有五十万块钱的收入。如果试种成功，明年就在象鼻岭乡全面推开，大家想想，五千亩，收入是多少？”

张小马才不管收入是多少，反正，按照老袁给他指点的迷津，他必须脑子里时刻绷紧一根弦，这是乡长的辣椒，要是种不好、试验不成功，“咔嚓”就能要了你的老命。

“懂不懂？要不惜一切代价。”张小马在乡里开完会，又在村里开，对着三个愣愣出神的村干部，说：“就是拿屁股想，这个问题，也能想到这条死杠杠上。”

除了副主任张小旺，村干部还有两个，一个老任，一个老郑。加上张小马，总共就这四个神仙了。老鹰垭口小，只有三个姓，姓张、姓任、姓郑，巧得很，被这四个村干部包圆了。

老任和老郑，已经到了知天命的年纪，老成持重，用他们的话讲，从三百多块一个月一直干到了一千五六一个月，这村干部是干够了，干到头了，只想每天安安稳稳混到退休，领社保吃闲饭了。张小马和张小旺年轻，上任伊始，正想烧上三把火呢，没有想到，火还没有想好怎么点，乡长的三把火就烧过来了。

听了这么多，老任清清嗓子，说：“样样都好，都可以整，就是，你们明白了吗？本钱从哪里来？”老郑也说：“就是，没有本钱嘛。”

两个老干部，立刻给两个年轻人算起账来。老任说：“你们想想，轮转土地，就算六百块一亩，五十亩，也要三万来块钱。要不然，人家哪个轮给你转给你。还有辣秧钱、化肥钱、种辣椒的工钱，这些，林林总总加在一起，起码也要三万多块吧。”老郑补充说：“就是呀，现在工钱贵得很，你就算让本村的老百姓自己种，一个工，最少也得一百多块。”老任瞟了老郑一眼，说：“是嘛，一年辣椒种下来，五十亩，起码也要几百个工呢。”

转眼又到了冬天，第一场雪一下，就要准备过年了。这一天，张小马抽了个空子回了趟家，第二天就要去县城读专科班，他想去准备准备。

其实也没啥子准备的，就是拿几件贴身的换洗衣裳。寒假嘛，因为要过年，读书的时间就很短，不像暑假那么长。再说了，冬天冷，一件羽绒服加一件军大衣，一穿，就是一个冬天，脱不下来。那双热乎乎的羊毛绒翻毛皮鞋，早就穿在脚上，低头一看，沾满了雪水。

他是想到了王红梅。不知道为啥子，一想到县城一想到读书心就“怦怦”乱跳，就像有个大锤往心尖尖上捶呢。王红梅就像是他的课本，只要一翻开，这个美得跟梦一样的女人，就会从书页上翻出来，满课本都是她身上那种草莓般淡淡的香呢。

张小旺是村里唯一知道他心思的人，一说起来，就撇起嘴打击他，说：“你这是癞蛤蟆想吃天鹅肉。”张小马不服，就回击说：“癞蛤蟆怎么了，癞蛤蟆也有癞蛤蟆的梦想。”张小旺又撇起嘴，说：“你这是癞蛤蟆打哈欠，大口大气。”

满地残雪。一眼望出去，地里山上，满眼都是断断续续的白，再加上不远处几家屋顶上飘起的炊烟，那景象，真像是老鹰垭口正在悠悠喘着的那口时紧时慢的气，有时有，有时就没有。前两年脱贫攻坚，一下下，一百来户人家从荒山野岭搬进了城，日子倒是好过了，可这个只有三百来户的小村子，眼瞧着就搬走了三分之一还多，再加上外出打工的，再加上孩子们都去乡里的学校读书寄宿了，整个老鹰垭口，就只剩下三百来个种了半辈子苞谷、吃了半辈子洋芋的老扁担，大眼瞪小眼，瞧着都心烦，冷清得很。

走着走着，迎面就撞着了郑肯长，正拖着一个女人，理路走过来。张小马觉得奇怪，问："她是哪个？郑肯长说，我路边上捡来的。"张小马说："吹牛不打草稿，猪毛都见不着一根，还想捡个人？"

郑肯长急得扯长了脖子，说："明明就是嘛，我见她坐在路边上，走路的力气都没得了，我就问她，从哪点来？她说不清。我又问她，肯不肯跟我回家做媳妇？她说要得，我就把她领回来了。"

张小马偏头一看，那女人还抱着个一岁左右的娃娃，忙问："你从哪里来？你家是哪里的？"见女人摇头又点头，眼睛里，还透着一种神叨叨的光。就厉声吼起郑肯长来，说："郑肯长呀郑肯长，你真是憨包子呀，你没有看出来这个女人是个疯子？万一再是一个憨包呢？这又疯又憨的女人，你要她来做啥子嘛，净惹麻烦。"

就听那女人说："不疯。你才疯。"张小马愣了愣，说："还带着个娃娃，郑肯长，你给老子送回去。哪里捡来的送回哪里去。万一人家家里人找来呢？"就又听那女人来了一句："不憨，你才憨。"

郑肯长一听，来了脾气，头一扭，说："我才不送，她是我捡来的，就是我媳妇。我在地里捡着个小猫小狗牛屎猪粪的，你怎么不喊我送？"

张小马朝郑肯长逼了半步，眼睛盯着他泥咣咣皱巴巴的额头，说："你到底送不送，我看你是想女人想疯了，见着老母猪都是双眼皮。"郑肯长转身捡了块土坌子捏在手上，朝着张小马就冲过来，吼说："老子捡回来的媳妇，老子的媳妇。"

张小马顺手抄起根路边的断枝杆杆，才挡开了郑肯长扔过来的土坌子。说："郑肯长，我看你是跟这个女人一样疯球了，送回去，你不送，老子们麻烦得很。”

郑肯长又捡了一块石头捏在手上，说：“老子不送，老子的媳妇，你们麻烦个毛呀。”说完，又挥起石头，朝张小马扑上来。

两个人扭打开来。郑肯长捡回来的那个女人，突然“哈哈哈”笑起来，就是不上来拉架，更不会出声相劝，笑着笑着，就呆将起来，越来越呆，越来越呆。

还是张小旺路过，才把他们活生生扯脱了。

晚上，两个人喝酒，闷闷不乐。张小旺说：“你管他干嘛，郑肯长捡着个女人回来，就捡着个女人回来。老鹰垭口一样都不缺，就缺媳妇呢，好事情嘛。”张小马喝不得酒，一杯下去，脸红得跟猪血似的，筷子就有点捏不住，一块老腊肉，夹了几次也塞不进嘴里，听张小旺这样说，更急，干脆用手去抓，油淋淋捏在两个手指头间，才说：“你懂个锤子，郑肯长家那情况，像个讨媳妇的样子吗？你等着，又要挨乡长骂了。”

张小旺摸不着头脑，说：“怎么郑肯长讨个媳妇，还要乡长管？”张小马晃眼瞧了瞧张小旺，说：“怎么，你连这个都不懂？我看你这个副主任，是选出来吃干饭的。”

张小旺听张小马这样说，心里很不服气，就说：“张小马你别瞧不起人，你当然有本事，进县城读大学了嘛，认识王红梅了嘛。”

张小马一听见王红梅，酒一下下醒了大半，就不想跟张小旺计较，一推桌子站起来，出门找了棵树，对着树脚撒起尿来。

月亮刚好挂在树枝尖尖上，明晃晃像盏城里的灯，远处的山路上，有车灯一绕一绕一颠一颠的，像是王红梅在朝他蹦蹦跳跳挥着手打招呼呢。

冷饮店到了冬天，就变成了烧烤店，王红梅烧洋芋烤豆腐，看上去，比夏天要辛苦得多。时间也过得快，又下了一场雪，还没有等化开，就要过年了。一个学期的课，也就要上完了。

这一天，张小马下了课，一直坐在王红梅的小店里不肯走，洋芋不知道吃了多少个，感觉已经堆到脖子眼眼了。王红梅也不管他，忙着招呼别的客人，有时候，还使唤两声，说："你帮我收拾一下蘸水碟子嘛。""你帮我往锅里加点水嘛。"后来就更过分了，说："你帮我把炉子拎出去，把火撤了嘛。"

张小马很听话，心里就像一炉被王红梅烧红的炭，就算是浇上水，也滋滋滋冒着烟呢。关门歇火的时候已是深夜，街上很冷，北风呼呼刮着脸，往身子里拱，让人忍不住想跳起来。

王红梅锁好门，转身对张小马露出一脸的笑，问："你想送我吗？"张小马心里慌得很，又听话又顺从，王红梅说什么，他都点头。王红梅见了，就又问："那，你的车呢？"张小马冷得腮帮子打颤颤，好半天，才说："我没有车。"

王红梅"哈哈哈"一阵笑，说："你没有车你送我啥子嘛。赶快回去，找被子捂热乎去。"说完，就扔下张小马，一个人走远了。

北风带着雪钩子，越吹越紧，大街上，除了王红梅空旷的脚步声，再也找不见一点让他心里热起来的物件。

四

第二天，张小旺进城来找张小马，说是赶紧回，村里出大事了。张小马一听，脚就不听使唤，踩在一块冰上，差点滑个马趴。懊恼起来，吼着说："张小旺，出什么事？你说话能不能别惊惊乍乍的，能出什么事？老鹰垭口，一个小村子，还能翻了天不成？"

等张小旺那辆满是泥巴、淌着雪水的车出了城，张小马才听清事情的缘由，就是轮转土地种辣椒的事。说是已经搬进城里的任老爹，一听要种工业辣椒，忙从城里回来闹，闹什么大家也听不清楚，反正，感觉不答应就是不答应。问他这是好事啊为什么不答应？他横竖就是不答应。

今天一大早，大家发现任老爹家的地里睡着一个人，跑去一瞧，就是任老爹。任老爹说，他怕一个人死在屋里，就睡在外边好。听得任三篇家妈郑德贵家妈和张石头家妈一帮婆娘，在那儿抹眼泪呢。

张小马说："就这事？老子还有最后一节课都没有上呢。"张小旺说："上课上课，你要是再读你那个酸不拉唧的破大学，怕是等不到上完课，帽子就被乡长抹了脑袋就被乡长砍了。"

走了十几公里的平路，车就要爬坡了。张小马知道，那是一段极其难走的路，除了陡坡和急弯，还有随时要躲避的落石。因为海拔高，在一个叫茶花箐的地方，一到冬天，路面就会结一层厚厚的冰，要是没有防滑链，就是老虎也不敢走。

张小马突然想起来，就问："带着链条吗？"张小旺瞥了他一眼，满脸的不屑，说："这点路，不用。"张小马嘟囔起来，说："张小旺你怎么还这么毛手毛脚的，万一出了事怎么办？"张小旺一声吼起来，说："张小马你怎么当上个村主任，上了几天大学，还真是酸哟，怎么，这条路都不敢走了？想当年你我几个，哪个不是挤在拖拉机里进城的？我看呀，你怕是真的要变了。"

茶花箐说到就到，张小马不敢吱声。一个极短的陡坡，加上一个九十度的拐子弯，拐弯处，是深不见底的悬崖。探头望望，脑壳都是晕的。还有冰，要是没有防滑链，从张小马的角度，车就会变成一只鸟，硬生生飞进悬崖。

张小旺咯噔都不打，跟着一辆大卡车，吹着口哨"轰隆轰隆"就过了那道关，得意起来，扫了一眼张小马，说："老子就是喝醉了，这条路也不会开错。”正吹着牛，就瞧见前面冲他们招手的交警。

交警是象鼻岭乡派出所的，都是熟人，见了，也就不客套，直来直去，问：“你们怎么不用防滑链？”张小旺说：“这点路用鼻子闻着都能开回去。”那两个警察没有回答，直接就把张小旺的驾驶证收了，朝坡底一个蓝色帐篷走进去。

“哎，哎哎，哎哎哎。”帐篷里暖和，有一炉烧得旺生生的火，大个大个的洋芋正在上面滋滋冒着热气。所长和另外一个年纪大点的警察，正坐在炉子边伸手烤着，舒服得很。张小旺一见，就更放心，笑起来，也把手朝炉子伸过去，像是要抓个洋芋吃，说：“所长，今天这是啥子阵仗？”

所长手里，刚刚接过张小旺的驾驶证，瞟了瞟上面的照片，又瞟了瞟张小旺，说：“张小旺，我认得你。”张小旺脸上一喜，说：“所长我们熟我们熟。”所长脸一拉，说：“熟又怎么样？熟能拉住你不朝死路上奔？这样的天气不装防滑链，我看你是棺材里面唱调子呢，不知死活。胆子也太大了，罚两百，扣三分。”

所长姓丁，人家还是象鼻岭乡的副乡长，开会的时候，经常瞧见他坐在主席台上布置任务。两个人这时都不敢二气，听见要罚款扣分，互相望望，朝口袋摸摸，就没了主意。

所长懒得瞧他们这副鬼样子，嘴里哼了一声，站起来就要朝外面走。张小马惶惶出声，说：“所长，丁，丁副乡长，我们从城里读书刚刚回来，赶得急，没，没有钱。”所长听了，又站住，说：“读书有什么了不起？我晓得你张小马这几天去县委党校了，开会布置安全维稳工作，你们老鹰垭口最不积极，都是让老任和老郑来顶。怪不得连我们在这里堵卡都不知道，你们说说，你们这书读了还有什么意思？罚款，没啥子说的。”

两个人听了所长这番话，更是吓得不敢再啰唆，都忙着朝口袋里摸，半天，掏出些零碎，凑了八十多块，低三下四递上去，连自己都觉得不过意，张小旺就一咬牙，补充说：“所长，钱只有这么点点了，你看看，要是不行，就多扣我几分。”

所长没有想到事情会这样，瞧见两个人凑出来的皱巴巴的票子，心一软，叹了一声，说：“唉，你们老鹰垭口呀。”

后来又说：“好嘛，先交八十，剩下的一百二，后边补到派出所，你们两个去路边站岗值班两个小时，也算给你们个教训。”

这样一耽误，等赶回老鹰垭口，天已经黑了。张小旺把车停在任老爹家的破房子前时，终于狠狠出了口气，骂：“你象鼻岭派出所高高矮矮胖胖瘦瘦加一起算，拢共才四五个人，神气什么呀。”

张小马不一样，张小马拿着张小旺骂：“张小旺你神气什么呀，一根防滑链，你让我在茶花箐是又冷又丢人。你要认得，我们两个现在不管走到哪儿，代表的，都是老鹰垭口的形象。”

张小旺撇撇嘴，想讽刺打击两句，又忍住，闷头推开任老爹的房门。

任老爹靠在他家那根被火烟熏得黑漆漆的柱子上，睡得“呼哧呼哧”的，仿佛靠在他两个儿子的背脊上，或者，靠在他死了好几年的老婆的坟头上。两个人一看，老头的面前，又放着那个黑黄黑黄装酒的塑料桶桶。不是说搬进城里，死老头就戒酒了吗？瞧这样子，照样是一天喝一斤呀。

张小马伸鼻子闻闻，任老爹“呼哧”一声，喷了他一身的酒气，就知道喊不醒了。又跟着张小旺，拿眼睛四处望。

除了任老爹面前那个被柴火灰盖住火苗的火塘，到处都是冷冷清清的。墙角有一堆刚收的苞谷，两只老鼠与他们的目光一碰，飞一般遁入更黑的墙洞里去。

两个人一使眼色，抱起一堆苞谷，又捡起几个洋芋，朝火塘里丢了几根枯枝几块树皮皮，重新吹起了火苗，“噼噼啪啪”烤起吃食来。

太饿了，像是身上一天的热气和力气，都丢在了茶花箐。小时候上学，走不动的时候，就习惯在任老爹家烧苞谷、洋芋，吃饱了，攒足了劲头，才各自回家。

一下下，洋芋和苞谷的香味火苗一样朝鼻孔里钻。张小旺扒出两个，吹吹灰剥开皮，正要往嘴里塞，任老爹醒过来，一睁眼瞧见，伸手抢过一个，一嘴咬下去，那洋芋就香喷喷地开了花。

任老爹的想法，一是城里住不惯，没有酒喝，街上的路到处都是平央央、直杠杠的，连个坡坡都没有，连个弯弯都没有，走起来脚后跟疼。二是家里的地放了荒着，要是不种点啥子红红绿绿的，心慌得很。

张小旺把嘴凑在酒壶上，“咕嘟”就是一口，把任老爹喝得心疼。说：“任老爹，你家的地，不是搬之前就说好了，我们帮你种。”

任老爹一把抢过酒壶，说：“你们帮我种？我才舍不得，你们种那地，跟狗刨猪拱的一样，别到时候，种出个三长两短来，我的地要受多大委屈哟。”

张小马一直在拿手机瞧。听见任老爹这样说，拉起张小旺就走，倒把任老爹弄得摸头不着头脑，追着喊：“张小马、张小旺，你们明天，给我打壶酒来还老子，要小街子烤的，六块钱一斤呢。”

出门就是一阵劈头盖脸的风，把张小旺吹得晕乎乎的。正要出声，被张小马按住，说：“别出声，我知道老头为啥子不给地了。”

第二天是个大晴天，一大早，乡里通知去开会。

已经是腊月二十九了，过年有七天假，会议的内容，基本围绕这七天来说。乡长左交代右嘱咐，弄得像是要分别七年似的。最后，又让分管各个部门的副乡长出来，也是左交代右嘱咐。派出所所长自然说得最多，什么要注意燃放烟花爆竹、要注意防火防盗防、见到生人一定要提高警惕、少喝酒、少聚众赌博……把个象鼻岭乡，说得像个幼儿园，这辈子没有过过年似的。

特别是要注意交通安全。说到这儿，张小马明显感觉到了派出所所长朝自己扫过来的目光，这才知道，昨天在茶花箐自己和张小旺闯了多大的祸。人家所长明显成熟老到，没有在会上点自己的名，可张小马怎么就觉得，整个会场的人都知道了，都拿着老鹰垭口笑呢。

忙缩起头，气势明显矮了一大截，大气都不敢喘。

等太阳爬到乡政府对面畜牧站门口那条老牛背脊上的时候，已经快到中午，大家肚子“咕咕”叫。乡长开始总结，强调指出：“翻过年来，最重要的任务就是种辣椒，你们各个分到任务的村不用我再多说了吧，轮转的土地，一亩都不能少，这是硬指标，不然……”乡长的手，又朝自己脖子根根上挥了过去。边挥边说：“还有什么困难，现在提出来，过了此山无鸟叫。”

本来，张小马早就想好了，要在会上跟乡长说说任老爹的事，叫叫苦，提提老鹰垭口的困难。可一张嘴，就碰上派出所长的眼睛，只好把那些话，自己嚼嚼碎，悄悄咽了。

那么就是说，老鹰垭口的五十亩辣椒地，一亩都不能少。

那么就是说，算来算去，非得加上任老爹那七八亩地，还要谎报个一亩三分的，才凑得够，才能达到乡长的要求。

张小马抱怨着：“瞧把你个老头子得意的。”这个年，张小马就只有在任老爹家过了。

任老爹说，只要酒。张小马就去打了二十斤酒。顺带，还去小街子，割了五斤新鲜猪肉，又去自己家里，片了一条老火腿，路上，又去任三篇家地里拔了几棵青菜，又去郑德贵家地里薅了几把小葱薄荷，又去张石头家簸箕里抓了几把干辣椒和干花椒。

任老爹空荡荡的老房子里，才算有了烟火气。

五

火塘里的火苗“噼噼啪啪”舔着烙锅底，肉炖得“咕嘟咕嘟”响，天擦黑的时候，三个人的脸都映得红朗朗的。

张小马打蘸水，张小旺摆碗，任老爹倒酒，一会儿，桌子上就满满当当的了。

任老爹的酒，只舍得倒小半碗给他们两个，自己倒是狠狠一大碗，又顺着碗边边透透撮一口，解了馋，这才拎起筷子，胳肢窝擦擦，伸进滚烫的锣锅里，夹起一大块肉就要往嘴里送。

张小马拦住，说：“任老爹，慢点，大过年的，我们来你家，你也不讲点啥子。”任老爹只好把那块肉放进蘸水碗里，说：“讲啥子？有啥子好讲的？我知道，你们比我儿子还孝顺呢，可是地是老子的命根子，你们不管哪个来，都别想动。”

话在第一口酒的时候，就僵住了，张小马端着酒碗，愣在半边，只好说：“喝酒喝酒，吃肉吃肉。”任老爹说：“喝酒吃肉可以，一样都不要说。”

两个人就不说，只陪任老爹喝。他们根本喝不过任老爹，喝着喝着就低了头，什么时候睡过去都不知道。

等醒过来，已经是第二天，火塘里的火苗快要舔着他们的脚趾头，屋子里黑漆漆的，不见任老爹。忙一翻身出去找。

任老爹正在院子门口的苞谷垛子前坐着，嘴里咂着根老旱烟，眼睛瞧着坡下的一条路。张小马知道，他在等他的儿子孙孙呢。

任老爹老伴死得早，三个儿子都在外边打工，有两个在省城开烧烤店，一个在外省当保安，多少年都不回家。多少年了，每次张小马他们来，都遇着任老爹拿着眼睛往这条路上瞧。只不过，一瞧清是他们，任老爹拔脚就往屋里去了，不想让他们猜透心思。

这一回，抵在老脸上，任老爹也不管不顾了，一直到正月初六，都当着两个人的面，瞧那条路。怪得很，天那么冷，北风一阵一阵往身上刮，雪一层一层在山坡上铺，任老爹就是耐得住，连个寒颤都不打，连个喷嚏都听不见。张小旺醒过来，晕乎乎说："老头子喝够了酒，不冷。"

张小马和张小旺在任老爹家醉得晕头砸脑，到了第七天，要回村委会上班，路都走不动，一步一步打着晃晃。瞧见两个人这怂样，任老爹终于露出笑来，把太阳都笑得爬进了他家的墙缝缝。说："你们真要我的地？"

张小马听见，忙转过身，冲任老爹摇摇晃晃走过来，说："不是要，是轮转，轮转轮转，别人家六百块一亩，任老爹你，我们给八百，八百。"

任老爹又笑笑，说："不是钱的事，是我怕地给了你们，我没有种的，你们又要喊我进城去。"张小旺一听有了希望，就说："任老爹，进城享福，你不干？"

任老爹摇摇头，说："不是享福的事，我是怕我死了，没有人知道，没有人管管。"

张小旺还要说什么，被张小马一把扯住，说："任老爹，你放心，只要把地轮转给我们，我们保证不喊你进城了。你要是死了，我们给你披麻戴孝。"想想，又觉得不对，忙改口说："不对不对，任老爹你身子这么硬，一天喝得下一斤酒，死不了，死不了死不了死不了。"

终于攒齐了五十亩地，就开春了。眨眨眼睛，已经到了育栽辣秧的节令。

这一天，乡长洪大生专门跑来过问辣椒的事。瞧见张小马他们头发都急得竖起来，就知道这伙人干不成事，心里恨得痒痒的，只想骂人。一张口，又改变了主意，就像高考，这伙人熬到现在都还挺着，不容易，总不可能临要上考场了，还让他们不得安宁。

口气就软下来，问："说说看，你们还有什么困难？"

张小马一听，眼泪都要下来了，说："乡长，我们老鹰垭口，你是知根知底的，你看，要什么没有什么，现如今，连个种地的人都找不着，年轻人全都出去打工了，剩下些老弱病残吃低保的，根本发动不起来。"张小马掏心掏肺一阵干咳，又说："这还不算，就是把人都发动起来了，到处沟沟坎坎的，找不着好地。五十亩，简直要了老鹰垭口的老命了。还不算，勉强凑齐了，还有本钱咋办？我们这几天，就是急这个事情呀。"

洪大生心里哼了一声，想，我就知道你们三句话离不开钱，怂包，一伙钱串串，给了你们那么好的政策，硬是不敢种？怪不得穷，穷还不说，还死头干僵觉得自己厉害呢。就说："本钱？你们说给我听听，差多少本钱？"

张小马犹犹豫豫，半天放不出个屁来。洪大生反而笑起来，说："你们要是不说，我就权当你们在给我摆龙门阵了。"张小马忙拿眼睛扫一圈，发现老任和老郑都闭着眼睛装瞌睡呢，还有张小旺，关键时候把身子缩得紧紧的，像个刺猬，找不到一点下嘴的地方。

只好自己开口，说："乡长，我给你算算账。轮转一亩地，最少要六百块，现在村里没有人，年轻后生们出去打工，野得连过年都不回来。犁地、拢墒、育辣秧苗、移栽辣秧苗，这些活，都要请人，虽然就请村里这些老扁担来干，我们算了，每亩拢共要一百来块的工钱。还有，铺薄膜，本钱就是一千二一亩。辣椒地除草，五十亩地拢共要三千二，一季要除三回，就是万把块。还有辣秧苗……"说到这儿，张小马咽了口吐沫，又说："乡长，还有化肥钱，还有农药钱，反正，总总共共加一起，五十亩辣椒，最少也要七八万，乡长你说……"

洪大生一声冷笑，说："钱钱钱，你们还在给我在钱上打转转，没有钱，就不种地了？没有那个指甲，就不剥那个蒜了？钱还不是地里长出来的，只要有地、有政策，钱能跑得了？简直荒唐。这样，再给你们个政策，稻能公司每年给你们六万风力发电的收入，你们可以拿出来买辣秧苗。剩下的钱统统欠着，等收了辣椒秋后再付。"

洪大生最后又补充了一句，说："一群大活人，还能让钱憋死？"

张小马听乡长这样讲，心里松了一口气，说："乡长，你早给政策嘛。"当天中午，就悄悄吩咐老郑，去郑德贵家的鸡圈里，抓来三只土鸡，香喷喷炖了，要请乡长喝酒。

洪大生朝那锅炖得黄生生的鸡汤望望，拔脚就上了他的公务车，说："连个鸡都炖不好，等辣椒种出来，我来教你们怎么炖。"

张小马一愣一愣的，好久，已经瞧不见乡长的影子，才追着车轱辘扯出来的那股烟想，都炖了几辈人了，还不会炖个鸡？你洪大生不是吃着老鹰垭口嘴里省下来的那口饭长大的？当官了，故意摆架子给我们瞧呢。

转念一想，又高兴起来。毕竟，洪大生还是松了口，给政策了，稻能公司的六万，终于可以从乡经管站刘老扁担的手里，抠出来用了。

多一句嘴，稻能公司是哪路的神仙？省城的，告诉你们，这年头，讲究得很，把有十多层楼高的风车支在高处，山尖尖上，风一吹一转，人家就可以发电了。信不信？老鹰垭口的陡崖山上，就支了三个，天天转，远远看去，那白色的风车映衬着蓝色的天，还真像山里就住着会讲故事的白胡子爷爷呢。

人家财大气粗，一个风车两万，每年给老鹰垭口六万的占地补贴，算是村里的集体收入。这笔钱，因为象鼻岭高海拔的特殊地势，各个村都有，不稀奇。乡长说，钱要由乡里统一调配，花在节骨眼上。到底哪里算是节骨眼，张小马不知道，只知道每个村的村长主任，都不敢吭气。

洪大生今年肯主动提起这笔钱，张小马明白，种辣椒就是乡长今年的节骨眼了。那个高兴，有了这笔钱，好像这事情，突然变得不那么难了。

花开了，春日的阳光，总是长成满山野花的样子，妩媚得很。在这样的路上走着，你总是能感觉到一阵一阵轻轻吹来的风都是香盈盈的，让人心里满满当当摇晃着一种止不住的躁动。张小马开了个会，大家一合计，有了钱，该去县里买辣秧种了。张小马的心里，就蹦出王红梅来。总想着等秋天的时候，辣椒红了，就带着王红梅来看陡崖山顶的大风车。

那风车在张小马眼里是神奇的，白天在满山飘飞的雾里转，隐隐约约的样子，像极了王红梅响在大街上的脚步。傍晚，在满天火红的云里转，像极了王红梅眼睛里火红的光。到了晚上，就在张小马的梦里转，那是王红梅停不下来的身影，一会儿转出一个草莓味的冰淇淋，一会儿，转出一个烧得滚烫的洋芋，像极了王红梅滚烫的身子里透出的那股滚烫的劲头。

正想着，张小旺打电话来了，说："快来郑肯长家，怕是有事。"张小马鬼火起，说："张小旺你别动不动就说要出事，一个郑肯长，能出啥子事嘛。"

六

还真不怪张小旺，仔细听下来，是要出事。

郑肯长路边上捡来的那个又疯又傻的媳妇，怀孕了。

这年头，怀个孕已经不算什么大事，对照国家政策，还是好事呢，有什么大惊小怪的？怪就怪郑肯长家太穷了，是边缘易致贫户。啥子意思？张小马他们都是学习培训了个把月，才把这事情搞懂的。

也就是说，郑肯长家的人均年收入，在脱贫线的边边上。人均，懂吗？边边，知道是啥子回事？也就是说，郑肯长家再多一个人，他家的人均收入就要掉下来了。这笔账，用屁股都能算出来。

脱贫线，是个死杠杠。要是掉下来，郑肯长就变成贫困户了。返贫，这在今天可是天大的事。到时候，就不是洪大生的手在脑袋上比画比画的事了。

郑肯长，你天天只认得跟媳妇晚上拉了灯快活，你舒服三分钟，我们要跟着你担惊受怕多大一阵子？张小马想到这儿，鬼火一阵一阵起，见郑肯长背着一背篓草牵着他媳妇从地里爬上来，难听话就吼出来，说："郑肯长，你不得了了，我看你是头上长刺棵棵了。"

郑肯长一听，扔了背篓，抽出镰刀就朝张小马和张小旺冲过来。张小旺吓得往后退，张小马不退，眼睛一闭，硬着头皮往上顶。心想，要死就死在当场，与其给洪大生把脑袋砍了，还不如挨你郑肯长砍几镰刀。

只听得镰刀在耳朵边擦过去，又听见"咣"的一声，镰刀好像砍在了旁边的石头上，张小马才睁开眼睛，笑起来。

郑肯长一缩身蹲在地上，"呼哧呼哧"喘着，身上，混合着草的味道，散发着一股热腾腾的汗熏气。那把镰刀，已经被他媳妇捡起来拿在手巴掌上磨。

既然不敢砍，那么，就得听话了。就连张小旺都从后边跳出来，指着郑肯长骂，说："郑肯长，张小马骂你两句，你还说不得了，你砍嘛，你，你要是今天闹出个三长两短来，还想要娃娃？"

郑肯长"哗啦"一声又站起来，身上的草哗啦哗啦往下掉，说："张小旺，我有什么办法，周围团转的女人都跑进城了，哪个找得着媳妇？你们有本事给我发个媳妇，我就把小芬芳还回去，我好不容易从我家地边上捡了个小芬芳回来，你们还天天说三说四管七管八的，还让不让我郑肯长好好过日子了？"

张小马听到这儿，眼睛一亮，拉住张小旺，问："郑肯长，还回去？你还回哪里去？我认得你种地是把好手，你真肯好好过日子了？"郑肯长被问得一愣一愣的，说："哪个不想好好过日子？我前些年乱，不种地，穷，不就是想找个媳妇嘛。"

张小马说："好，今年种辣椒，你就带头好好把你家的十多亩地服侍起来，你媳妇娃娃的事，我们给你想办法，以后就好好过日子，日子只要好好过，会越过越好。"

说完，扯起张小旺就走。张小旺有点懵，一路走一路问："想办法？你要想办法？"张小马说："你以为捡个媳妇回来就没有事了？要帮他扯结婚证，扯了结婚证，娃娃生下来才办得了户口，一下下多了两三口人，得想办法给郑肯长媳妇办个低保，不然，哪个负责？"

张小旺使劲拿着头皮抓扯，说："我的天哪，一大早睁开眼睛，到处都是事，比地上爬的蚂蚁还多。"张小马指了指天上，说："蚂蚁算什么？比天上飞的飞蛾还多。"张小旺不服气，又说："飞蛾算什么？比树上结的核桃还多。"张小马越走越快，说："核桃算什么？比山上滚下来的石头还多，比掉在山上的松毛还多。"

进城买辣椒种那天，天晴得没有一丝云彩，蓝晃晃的，像是用观音岩沟沟里的水重新洗过一遍，像是张小马换在身上那套新崭崭压在箱子底的西装。

张小旺有办法，去人家小街子村借来一辆小卡车开着。一见张小马，就喊："我的乖乖，新郎官哈，癞蛤蟆进城啊。"车上的郑肯长，就"哈哈哈"笑，说："小马哥进城讨媳妇呀。"

张小马也不管，一屁股坐进驾驶室来，说："张小旺，你咋现在才来？"张小旺说："你以为去小街子借个车容易？你倒是一句话，我得给人家团团转转求过来，好烟都发了大半包。还不说，你问问郑肯长，要等他在地里搭个育苗的塑料布蓬蓬，他才来。”

郑肯长在后面，“嘿嘿嘿嘿”笑。张小马朝他瞟了一眼，说：“郑肯长，你晓不晓得我们喊你进城做啥子？”郑肯长说：“逛逛嘛，我有十多年没有来过了。”

张小马瞧瞧张小旺，懒得说话，闭上眼睛养神。

路太颠，大部分是上坡，弯又急，车像犁地的老牛，“吭哧吭哧”喘着粗气，像是要人在后边赶。没走几里，才将将爬上山顶，郑肯长就被甩得颠三倒四，跳下车在路边“哇啦哇啦”吐。

张小旺气得悄悄骂，拿着张小马埋怨：“你呀，脸都叫他丢干净了。叫你不要让他来，你偏偏不信，瞧瞧嘛，一出门就丧气。”

张小马说：“张小旺你给我闭嘴，人家就是吐一下，又不是吃你家的食。你懂个什么啊，你要是都晓得我为什么叫上他，你早可以来当村主任了，我倒还省心。”

张小马是想了好几天，才想起让郑肯长一起来的主意的。一方面是郑肯长一身的力气，搬辣椒种方便。另一方面，张小马是想带郑肯长进城来看看，了解了解，见见世面，老鹰垭口的地，不是他郑肯长一个人在种着的。

张小马说：“理解，懂不懂？郑肯长这种老杠头都理解了，老鹰垭口的辣椒就好种了。再说了，乡长布置的工业辣椒，哪个种过？郑肯长一身种地的本事，这种时候，郑肯长就是那辣椒他爹，只要有他在，辣椒就一定能乖生生长出来。懂不懂？”

张小旺这回好像懂了，毛呛呛回了一句，说：“张小马你这意思，就是这回进城，我得伺候你们这两个‘爹’了嘛。”

终于开始下坡，车也不喘了，路也顺滑了，就连郑肯长，喉咙里也不“咕嘟咕嘟”叫唤了。矿石镇就在山脚下远远盘着，看上去，真像是一座用积木搭起来的宫殿。郑肯长“哇哇哇”叫着，说是来到了神仙住的地方。

瞧见高铁工地的时候，郑肯长又“哇哇”叫了两声，车就“轰轰”耸了两下，再也不走。

“怂啊。怂到沟沟里了，连车都知道自己不如人了。”张小旺那个鬼火，朝车屁股一脚踢过去，说：“你要趴窝你也换个地方啊，你趴在人家高铁工地口口这儿，你不是要故意恶心死我们吗？”

现在就惨了。虽然天晴，但这条路明显被工地上进进出出的重车压出一溜的大坑坑，风一吹，一旁路过的车一带，灰沙四起，张小马那身牛哄哄的西装，一下就变得灰溜溜的，在轰鸣的机器声和滚滚的车轮中，一点也不起眼了。

小车还可以从旁边挤着过，大车就不行了。一泡尿的工夫，路上就堵起了一串串。拉石头水泥和钢管的倒好说，见到堵了，停下来，抽烟的抽烟，玩手机的玩手机，没人理他们。最揪心的，是对面山坡上迎头而来的一排搅拌车，车头居高临下对着他们，车肚子不停转啊转，像是随时要带着一车的混凝土朝他们倾倒过来。

人家上班呢，急，好几个司机都站在山坡上，朝这边张望。张小旺这车，就慌得怎么也修不好。最后，一群司机朝他们围了过来，张小马一看，忙转着圈发起烟来。

没有人领情。有两个个子高高大大的，说着普通话，铁青着脸，问：“怎么了？敢在这儿堵车？”张小马忙解释：“车坏了车坏了，一下下修好一下下就修好。”也没有人应答，两个大高个偏着头朝张小旺掀起的引擎盖里看了看，说：“推，推开，别挡着道，耽误了时间，你们赔不起。”

只好照着人家的话做了。一群人帮着他们使力，几下，车就被推到旁边的一条小路上，贴悬崖根根站着。

张小马最心疼的就是那套早上才穿上的新崭崭的西装。这会儿不仅灰，还因为推车结结实实抵了几个油印子，怎么拍也拍不掉。弄得张小马垂头丧气的，拿着张小旺乱骂一气：“张小旺你哪里借来的破车啊，拉牲口的都比你这好使，拉猪的，拉牛的啊。”

等好不容易开进城，天已经擦黑，个个肚子“咕咕”叫，张小旺说：“先吃饭先吃饭。”张小马说：“先找住处找住处。”张小旺瞅了瞅张小马，气得乱吼乱叫：“怎么张小马？跟着你进一趟城，原本想吃点好的，结果中午的都没有吃呢，倒是又给你省了一顿。”又喊：“郑肯长，郑肯长。”

郑肯长已经饿得没有力气说话了，这个时候，正呆呆顺着一幢一幢高楼里的灯光一盏一盏数呢。

住不起贵的宾馆酒店，那些霓虹闪闪的地方是老鹰垭口那样的山沟沟，永远搭不上线的。没有钱，所有带出来的钱，都是办辣椒的事的，张小马不敢乱花一分。只好带着两个人在县委党校附近转圈圈，那一片他熟，张小马甚至都能嗅见王红梅烤洋芋烧苞谷的热乎乎的味道了。

终于找见一家小旅舍，五十块睡三个人。一进去，张小马就跟老板娘要了三包方便面，开水烫了，“呼啦呼啦”吃下去，再要说话，见张小旺和郑肯长，已经睡死过去，乍一看，还真像两个受了委屈的娃娃呢。

七

张小马想好好洗洗。不是睡不着，而是明天要是这样灰头土脸去见人，他怎么也不甘心。种子站倒还好说，万一遇上王红梅，那就完蛋了。

不知道为什么，说到县城，在张小马心里，好像只住着一个王红梅。

往四周一瞄，感觉卫生间就藏在那扇脏兮兮的门背后。门是玻璃的，手一摸，一巴掌的灰。一推，“咯吱咯吱”响，像是要倒过去，张小马忙拉了一把才扶住。里面黑漆漆的，找不到开灯的地方，借着外面的光，张小马瞧见了一个水龙头，伸手去扭，摇摇晃晃的，“滋滋”响过一阵后，出了一股细细黄黄的水，跟撒尿一样。

楼上是洗不成了，张小马只好抬着那个印了一圈一圈水渍的脸盆，下来找老板娘，问：“哪儿可以洗洗？”

老板娘窝在柜台旁的一条沙发里，刚刚盖上一床被子，像是准备睡了。被张小马问醒，又一屁股坐起来，揉着眼睛朝院子里指，突然看见被子角边叮着一只长脚蚊子，干脆一指头戳过去，又用两根细细的手指，将那蚊子长长的脚，拎将起来。

张小马就没有看清她指的是哪儿？只好又问：“哪儿可以洗洗？”

老板娘突然不耐烦起来，说：“院子里呢。”又加上一句，说：“洗啥子洗嘛，天气凉，都这个时候了，没有人给你烧水喔。”

张小马突然一阵后悔，才想起自己其实应该听张小旺他们的，住个好一点的地方，张小旺说了，一辈子住不上几回，尤其是郑肯长，怕是就来这一回了。

水很凉，初春的夜里，冷得张小马牙齿碰牙齿，抖个不停。张小马一看，好像还是井水，旁边的井口，还放着一块肥皂。就贪心起来，抓起那肥皂再擦了一遍身子，痛痛快快洗干净了，就啥子也不怕了。

等重新穿上衣裳，又干净又暖和往回走时，张小马又不那样想了。住啥子好地方嘛？他想，这个地方就很好了嘛。委屈委屈，最多睡两晚，就回了。

主要是没有钱。哪来的钱？带出来的两万块钱，都是用来买辣椒种子的。这个都不说了，主要是这两万块，还是村里家家户户凑的，说好等辣椒种出来一起还。任三篇家妈、郑德贵家妈和张石头家妈还说难听话，说："背时娃娃些，要是种不出来，老娘们就是把你们当辣椒细细剁了，你们也不够赔。"

"种不出来？不可能不可能。"张小马想都不敢想，当时回话说："这是乡长布置的任务，乡长，懂吗？乡长代表政府，所以，不可能不可能，你们家家户户就等着分红吧。"

话又说回来，还有一笔账呢，要是这辣椒种出来了，一亩地一千垄，一垄基本上结八九十个，就是一公斤了。如果按一公斤九块的收购价算，一亩地，就是九千块，五十亩，再怎么差，也能收个四十多万。天哪，还要说吗？乡长让种辣椒，就是叫大家奔着好日子去的。

张小马还忍不住往远处想呢，弄不好，明年自己去荒石沟里，也整个二十亩地种起来。荒石沟水好，地又是沙地，最适合种辣椒。弄不好，自己也赚个二十来万，第一件事，就是买辆车，然后开到县城里，对王红梅说："走，我送你回家。"

想着想着，张小马就安安逸逸睡着了，就连张小旺和郑肯长你伏我起的鼾声，都没有吵着他。

第二天爬起来，水管上冲冲，掏掏鼻子孔孔里的灰，三个人就按着地址，摸到种子站来了，一刻都不敢耽误。

他们发现，事情完全变了。或者说，事情完全不是他们想的那回事。

种子站就不是种子站，是一个私人老板开的苗圃。一进去，才问了一句，人家一瞧三个人灰不溜秋的鬼样子，就叫他们站在办公室外边等着，别在里面拦脚绊手的。

又晒了一大早上的太阳，才有个两只手臂上套着碎花袖套的女人出来领他们走，钻进一个大棚里，高声大气地说："喏，要买就快买，不然就没有了。”

张小马一看，汗就出来了。到处是人家育出来的绿油油的辣椒秧苗，哪有什么种子。就问了一句：“不卖种子？”女人“嗤”了一声，碎花袖套在三个人面前舞出一面花花绿绿的篱笆来，说：“哪有什么种子呀，只有辣秧。”

辣椒秧苗五角钱一棵，他们带的钱，远远不够。张小马急起来，问：“我们是来买种子的呀，怎么变成辣秧了？”女人一听张小马这样问，转身就走，丢下一句话，说：“不买就算，你们出去打听打听，方圆团转，哪个会卖种子给你。”张小马好像这时候才反应过来，这个女人说的话有点道理，他们来之前算过，如果买种子，只要五六千块就能种五十亩，如果买辣椒秧苗，要两万五六千块。那么，还有化肥、薄膜、农药的钱怎么办？要知道，这次来，张小马是计划好了的，要把这些都买回去。

三个人只好跟着出来，蹲在太阳底下，拿着那个女人的话使力想。想着想着，还是大眼瞪小眼，认不得该怎么办。

商量了半天，最后决定，将就身上的钱，再讲讲价，先买四十亩的回去。又转回去，找那个女人讲。

这回女人不见了，跟他们讲的，是个阴阳怪气的男人。那男人说，要买辣椒种也是可以的，种子保证好，他可以带他们去，但要五千块钱的回扣。

张小马一听，眼泪水都要急得淌。这地方是哪儿呀？是阴曹地府？怕是摸错庙门了，真想折出去瞧瞧门口挂着的牌牌，到底是不是卖种子的？张小马一急，说出来的话就由不得自己，他说：“不可能的，钱是家家户户凑的，不是我一个人的。”

那男人一点也不急，看上去不像是在说回扣，倒像是在说他们家地里收的洋芋，老练得很。只见他笑了笑，说：“那你们到底是要买辣秧还是要买种子？”

张小马瞧了郑肯长一眼，那意思，是想让这个天天在地里刨食的拿个主意。没有想到郑肯长关键时候一缩脖子，肚子又不争气，“咕咕咕咕”叫了起来。

那男人就笑笑，说：“该吃饭了该吃饭了，你们好好想想，吃了饭再来吃了饭再来。”

就出来了。大街上，到处是乱糟糟的人和乱糟糟的车。三个人都不说话，根本不知道该去哪里？想什么办法？

王红梅不在，换了一个四十多岁的女人。张小马先是一惊，还以为换了主人呢，一打听，这女人是王红梅雇来的小工。才放下心来，声音立刻洪亮开，转身对着张小旺和郑肯长喊，说：“进来进来，洋芋豆腐米线面条炒饭随便吃。”

张小旺一听，说：“张小马，这是啥子？能点个菜吃个小炒吗？”郑肯长很失望，跟着问：“不喝酒？不喝酒吃啥子都吃不饱嘛。”

张小马就冷笑，说：“可以点小炒，可以喝酒呀，用你们自己的钱嘛，也请我吃顿好的。反正我身上的钱，是村里大家伙凑的，只敢吃点烧洋芋煮米线。”

张小旺见张小马这样说，也拿着郑肯长说起来，说：“郑肯长，可以喝呀，用你自己的钱嘛，也请我们喝台好酒嘛。”

郑肯长一下变得蔫头蔫脑的，说：“洋芋我就不吃了，天天吃，牙齿都啃掉两颗了。我要吃米线，两碗。”说完，就伸出两个手指头，高高举了举，又放在胸前，小心护着。

张小马笑起来，说：“郑肯长觉悟高，值得表扬，可以当村干部了。等回去，无论如何，也要整个村民小组长给他干干。”说着说着，就爽朗起来，说：“你们两个，辣椒酸菜给我使力朝碗里面加。”

那个帮王红梅看店的女人一听不高兴了，气哼哼从厨房里伸出头来，说："按着点，靠点谱气，我们辣椒酸菜又不是风刮来的，哎，不要钱就可以使力加呀？那大街上的石头树叶也不要钱，怎么不朝碗里使力加？"

张小马一听，心里就不是滋味，刚想顶两句，突然想起来，这女人是在帮王红梅说话呢，就不恼了，反过来帮着喊，说："按着点，靠点谱气，就是个酸菜辣椒，吃多了对身体不好，浪费嘛。"

张小旺不知为什么，"哈哈哈哈"就笑起来，看得见一根米线在他那排焦黄的牙齿上吊着，一晃一颤。

王红梅一直没有来。这让张小马多多少少有些难过。但张小马是难过惯了的，不知道为什么，只要一进城来，就有这种难过，就像城里到处窜来窜去的气，到处都是。所以，也不会觉得怎么样。

有时候，张小马还会教训张小旺，说："你要是进城来连点难过都没有，都受不住，那你就别想着进城了。尤其是这一次，跟乡长洪大生非要种的辣椒比起来，这点难过算个什么，也就是一泡鸟屎掉在身上一样，又不是会死。"

张小旺说："对对对，不管怎么说，老子们也是进过城的。"

喂饱了肚子，还朝那个种子站来。站在门口，张小马特意拿着门口挂的牌子望了望，才发现，原来人家这里不是什么种子站，人家这里，叫什么什么阳光有限公司呢。就边往里面走边想，有限公司有限公司，是不是他们这里有本事，连阳光都给你有限起来？

八

巧得很，正好撞见了王红梅。

小院子，王红梅正要上一辆亮光光的小轿车，身子刚磨进去一半，一晃眼，肯定瞥见了张小马他们三个，微微一笑，一犹豫，还是又把另一半身子磨进车里。开车的是个男人，小轿车“唰”一声就从他们旁边闯了过去，连车窗都没有开。

张小马狠狠一颤，跟小轿车的车屁股一样，心里“突突突”就冒出烟来，突然浑身没有一丝丝力气，就连张小旺都看出来了，就连郑肯长都在后面使力推了他一把，催说：“走嘛。”

张小马很绝望，一屁股蹲在墙根脚，喊张小旺发烟抽。张小旺两根粗黑的指头夹着一支皱巴巴弯了半截的烟递过来，张小马拧紧眉头咬死，等点着火，使力吸了一大口，才突然骂起来，说：“张小旺，你也不会好好买包讲究点的烟揣口袋里，是进城办事，我们还能像当年，扣扣索索、贼精精的？”

张小旺也瞧见了王红梅，知道张小马为什么蹲在墙角要烟抽，反倒笑起来，说：“张小马，你要死了？”张小马脸扭朝一边，说：“老子这回，算是得了个明白了。”

张小旺“哈哈哈”笑出声来。郑肯长没有笑，像是跟着张小马明白了似的。

事情就没有按谱气办好，只得依了那个戴碎花袖套的女人，草草买了四十亩的辣椒秧苗，垂头丧气回老鹰垭口去。

等车又开始“呼哧呼哧”爬坡的时候，张小旺又笑起来，问张小马：“说来听听嘛，你到底得了个什么明白？”

张小马跟着刹车猛一头打了个愣愣，像是从梦中惊醒过来，拿着张小旺吼：“你小心点，拉着一车辣秧呢。”

回到村里，天已经黑透，月亮爬上来，把路照得到处是树影子，像泼了一滩一滩的水。张小马刚刚跳下车，任老爹就从路边钻了出来，跟个鬼一样。

张小马被狠狠吓了一跳，看清是任老爹，忍不住狠狠吼了一句：“任老爹，怎么你连个响动都没有，黑灯瞎火摸出来，吓死人呢。”

任老爹肯定又喝了酒，“呼噜呼噜”喘着酒气，说：“张小马，不做亏心事，不怕鬼敲门。”张小马像是脑门上被虫虫叮了一脑包，使劲拍了两下，才问：“任老爹我做啥子亏心事了？”

任老爹说：“我仔细想了好几天，终于想明白过来，你们恍我呢。我要是跟你们签了土地轮转合同，你们肯定一转身就又要我回城里去了。我还怕认不得？”

张小马一听就笑起来，说：“任老爹，怎么可能。我张小马好歹也是个村长、主任，代表一级组织，怎么可能恍你？要不然我们跟你签完土地合同，再签个补充协议？”

任老爹使力摇头，说：“不要不要，口说无凭，我要你们那些烂条条烂框框干啥子？一点都不实在。我要个低保，你们给我个低保，我就把地转给你们好好回城里去，不然，哼。”

张小马苦笑一声，说：“任老爹，低保又不是我家的，一个低保一个月三四百块钱呢，说给你就给你？再说了，你现在已经搬进城里享福去了，属城里的街道管，你要低保，也不是来我们老鹰垭口要了，你得去城里的街道要，要不然，牛头不对马嘴。”

任老爹无法理解，眼睛骨碌骨碌转，月光一晃，像只蹦蹦跳跳的松鼠。说：“怪了，我就是整不清楚了，我爹、我爷爷，我任家祖祖辈辈都在老鹰垭口的沟沟坎坎、山上山下讨生活，怎么到了现在，我就没人管了？我那七八亩地，还算不算数了？”

张小马知道，任老爹又在较劲，任老爹一喝酒，就钻牛角尖，认死理。就笑起来，说：“任老爹，你倒是仔细说说，谁不管你了？人家哪个街道不是把你们都组织起来到扶贫车间里干活计呢。”

任老爹撇撇嘴，说：“我才不干，我只要种地。”张小马更是笑，说：“好好好，要种地还不简单，明天我跟乡长汇报一声，就让你种。”

一听乡长，任老爹更是来脾气，说：“不要你说，还汇报，他洪大生是谁我还认不得？他洪大生从小到大，哪一嘴不是吃着老鹰垭口的饭长大的？我就不信他洪大生能忘了？”

就又被任老爹逼着，听他讲洪大生小时候的故事。

说这洪大生，从小是被任奶奶养大的。一笔写不出两个任字来，再怎么论，洪大生都跟他任老爹亲，是他任老爹的亲戚。说着说着，眼睛一翻，说：“你们小心点哦，洪大生是老子亲戚。”

张小马和张小旺就不敢吭气，只有郑肯长，狠狠对着月亮打哈欠，打着打着，靠着棵树，睡着了。

他们确实不敢吭气。在老鹰垭口，只要一提起任奶奶和洪大生，大家都不敢吭气呢。原因很简单。任奶奶家男人任金伍是革命烈士，临近解放的那年冬天，跟任奶奶成亲才三天，他就被土匪杀害了，死得惨。为逃追捕，从桥上跳下去，还被土匪从河里寻来，倒吊着，在小河边暴尸三天。英勇牺牲的时候，才二十一岁。任奶奶，就这样成了革命烈士的遗孀，守寡七十年。

怎么说呢，任奶奶守寡守到一半的时候，不知在哪条路上捡着了孤儿洪大生，就把他领回来，硬生生养大成人不说，还考取了大学，成了老鹰垭口唯一一个大学生，当上了县里的干部。大家都说，任奶奶这个人有本事，捡着宝了。

“去哪儿捡？路边上？”郑肯长一下醒了，露出奇怪的眼神，望了望任老爹，又瞧了瞧张小马和张小旺，还瞧了瞧背后那棵树，说：“半夜三更了，不要扯了不要扯了，我媳妇还等我呢，回家了要回家了。”

大家就悄摸摸散了，扁担开花，各回各家。张小马那时好像明白了点啥子，好像觉得，任老爹这种人，只有郑肯长才治得住。

辣椒终于种下去了。

最后一天，张小马也跑到地里瞧。任三篇家妈和郑德贵家妈在地里铺着薄膜，张石头家妈还在挖最后几个塘子。张小马放眼睛望去，一条一条的薄膜顺着山坡铺开去，阳光爬上来，亮晶晶的，像是给老鹰垭口的山沟沟，穿了一件新衣裳呢，好看极了。

天蓝蓝的，像块板板，飘在山里的雾和云就在上面任意涂着抹着。有时候，像个女子，脖子上绕着块青色的纱巾；有时候，还是像个女子，在天上冲他们眨眼睛呢。张石头家妈在地里动一动，那眼睛就眨一眨；任三篇家妈在地里动一动，那眼睛也眨一眨。

立刻，春天所有的绿和春天所有的树搅裹在一起，就在他们的下巴前，摇摇曳曳，齐声应和。远处层峦叠嶂的山，此时就像男人的肩膀，一个一个齐刷刷垂将下来，群山匍匐。

不知道为什么，面对着群山和田地，张小马还真有点感动呢。

张小旺在张小马旁边，愁眉苦脸，说："张小马，只种了四十亩，乡长要是来，怕是得要了我几个的命。"张小马撇撇嘴，说："有什么办法，又不是我们不种，确实没有五十亩的钱。"张小旺说："那，乡长要是问，我们怎么回？"张小马不耐烦起来，说："乡长乡长，你张小旺怎么比我还在乎洪大生？乡长要是来，就说五十亩，不信他看得出来。"

怎么看不出来？乡长的眼睛比任老爹和郑肯长两个种地的老油条还贼。

郑肯长很瞧不上张小旺，觉得张小旺这个问题很幼稚，比小娃娃过家家还好笑呢，根本懒得理，挥起锄头扯直朝前挖去。还是郑德贵家妈人好，瞧张小旺急得要死要活的样子，不忍心，冲他吼了一句，说："你咋憨成这样？辣椒地里种苞谷，五十亩还不够呢。"一旁的几个女人，就哈哈哈笑起来。

“种啥子苞谷？怎么又种苞谷了？”几个女人更笑，任三篇家妈喊起来，说：“张小旺，回去问你妈去。”张石头家妈忙伸过嘴来，笑眯眯对张小旺说：“大侄儿子，她们在说配种的事，懂吗？”见张小旺还是一头雾水，张石头家妈满脸失望，说：“婆娘些，这大侄儿子怕是真的不懂，如今这些年轻人，哪个还种地了？”郑德贵家妈性子急，一口吐沫砸到张小旺面前，说：“张小旺，辣椒地里种苞谷，叫杂种。这回懂了嘛。”

大家笑成一片，只剩张小旺，冷笑两声，说：“你们说这个，我早八辈子就知道了，有什么好笑的，地里套种个苞谷洋芋啥子的，常事嘛，有什么好笑的，无聊。”

大家就真的觉得无聊起来。郑肯长地里的活计好，再加上一身的力气，早就把大伙甩出去老远。这个时候听见笑声，又忙扔了锄头折回来，满脸好奇，问：“说什么说什么，你们说什么呢？”

任三篇家妈一见郑肯长，又来了兴趣，说：“郑肯长，听说你捡了个媳妇，哪儿捡的？哪天帮我家任三篇也捡一个嘛。”张石头家妈说：“哪天帮我家张石头也捡一个嘛。”郑德贵家妈听不下去，腰杆一叉说：“什么什么？你们这些婆娘，也不瞧瞧人家姓啥子，郑肯长再捡一个，也是帮我家郑德贵捡的。”

郑肯长一听，又吓得往回跑。他知道他说不过她们，自己的媳妇自己疼，哪有讲给你们这伙长嘴婆娘听的？

张小马见地里闹得叽叽喳喳的，先是高兴，后来听大家讲起媳妇，又心酸起来。他不是想到了王红梅，王红梅在他心里，只是秋天苞谷地里的瓢虫，漂漂亮亮飞，悄悄摸摸死，快得连苞谷都忙不得收完。他是想到了老鹰垭口呢。村里的女娃娃，都嫁到山下的矿石镇去了，村里高高大大的小伙，都出去打工找媳妇了。剩下的，就是面前这些皱巴巴的婆娘老汉，带着他们，生活难淘啊。

突然间，一阵雷从天上滚过。抬头一看，一群喊不出名字的鸟也刚好从眼前飞过，它们朝着山下的矿石镇扇着黑亮黑亮的翅膀。起风了，风在山林里使力钻，像是一伙一伙放羊人，赶着山上的野猪啊、野猫啊、松鼠啊，也朝矿石镇，滚滚而去。

九

进入四月，天气就开始变。

先是下了几天毛毛雨，接着就开始刮起北风来，冷得发抖。紧接着，天老爷啊，满山的白，一场雪把老鹰垭口打扮得像王红梅的脸面，俏生生胖乎乎娇滴滴的，那个美，睁开眼睛到处都是景。

还有满山飘起的雾呢。那雾就像是王红梅吹出来的气，飘走的，是一身的轻灵，飘来的，是一口一口的香。那股妖气，闭上眼睛都闻得见。

“美个什么呀，怕是要命。”张小马正在村委会门口对着远处的山尖尖感慨来感慨去的时候，郑肯长慌脚乱手摸了过来，把他吓一跳，说：“要命啦，这个天气，要辣秧的命啦。”

张小马一听，才反应过来，脚底下一滑，忙一把拉住郑肯长：“走，快瞧瞧去。”

又喊上张小旺，三个人高一脚低一脚朝地里寻来。

地里已经有好多人，张小马一看，是村干部老任和老郑带着一群婆娘背着手视察灾情呢。气不打一处来，就喊：“地里别站那么多人，把辣秧踩了。”

老任和老郑翻眼睛瞟了张小马一眼，不吭气，朝一边闪了去。

一眼望去，地里一片白，每棵辣秧上，都盖着一层白渣渣的雪，风一刮，辣秧那嫩生生的几片叶子就轻轻摇过来晃过去，像是在做一个美美的梦呢。张小马几脚踩进去，蹲在一棵面前，抬起一片叶子，小心拂去上面的雪，说："郑肯长，这不好好的吗？"

郑肯长一脸苦相，要哭的样子，说："张小马，你认得什么，这节令下雪，你见过？"

张石头家妈眼睛红红的，不知是一大早已经哭嚎过还是被北风冻僵过，说："张小马，惹不得惹不得，这辣秧被雪扎过，结的辣椒怕是没人要了，惹不得惹不得。"

张小马觉得这个说法新鲜，就抬起头，看着张石头家妈，一下笑起来，说："咋个咧，咋会没有人要？省里的供销公司都说好了的，他们保证收。"

任三篇家妈和郑德贵家妈也是一脸的丧气，像是她们家的大姑娘跟人跑了似的，说："哪个要？啥子公司？这会儿好了，二茬子婆娘打酱油，黑也不是白也不是了，大家伙还凑了两万块的种子钱呢，不会全敷进地里吧？"

张小马听了两个女人的牢骚，站起来，说了句玩笑话："敷进地里才好嘛，种瓜得瓜，钱敷进地里，秋天就长出钱来了嘛，到时候，一地金晃晃的钱，你们就拿镰刀割草似的使力割了嘛。哈哈哈……"

没有人跟着他笑，只有越刮越冷的风朝领脖子里钻，大家都缩起身子，朝风来的山尖尖望。望着望着，大片大片的雪花又漫天漫山飘了起来，像是要把每个人的日子，都埋进眼前这一片迷迷雾雾的白中。

乡长又来了。乡长不是来看辣椒的，乡长是来瞧房子的。

奇了怪了，这么大的雪，洪大生却饶有兴致背着手在村里到处飘，好几次，张小马他们要张嘴汇报辣椒的事，都是被洪大生那种热气腾腾的气势逼得生生咽了回去。直到洪大生又站在一幢崭新的大房子前，指着那房子的大玻璃窗问：“这是哪家？”张小马他们才找着了讲话的机会。

忙上前回答：“张石头家，张石头家。”洪大生眼睛一下亮起来，说：“张石头家我记得，爹死得早，就剩一个寡娘带着个独儿子，坡底下搭个烂窝棚，墙往两边塌，眼看着就要倒下来，可怜啊，还吃不饱，时常要任奶奶接济着，支使我往他家送苞谷洋芋。现在好了嘛，大房子，大窗子，这在城里就是大别墅了，这就是脱贫攻坚嘛。”说到这里，洪大生又朝那大房子走了几步，转头问：“人呢？他们人呢？张石头讨媳妇了吧？”

张小马忙接住嘴，一边说：“张石头前年讨了个媳妇，后来又跑了，气不过，进城打工去了。张石头家妈在辣椒地里。”一边使力扯了扯张小旺，让他去地里喊。

等喊来，洪大生已经到村委会了，一路走，一路跟张小马说：“我知道你今天要说辣椒和下雪的事，但我今天不是来说下雪和辣椒的事的。懂吗？上头千条线，下面一根针，还有比辣椒的事重要得多得多的事。”

接下来，乡长布置起任务，说：“过段时间，上头就要来检查组了，检查什么呢？搬迁进城住新房子的人，还有没有又偷偷跑回来住在原先的烂房子和危房里不走的？如果有，统统清理统计出来，把他们一个一个，送回城里去。”

到底有没有？张小马是打死都不敢说出来了。乡长一走，就扯起张小旺，去找任老爹。

原因很简单，政策已经在那儿规定得死死的，凡是搬迁进城住楼房的，再也不准偷跑回来住。为什么？乡长洪大生已经说得很清楚：“他们搬迁进城了，就是城里人了，这辈子不是，下辈子还不是吗？国家出了那么多的钱，让他们从深山老林里搬出去，是为了让他们过好日子的，哟，好日子不过，非要偷跑回来住在烂房子里过苦日子，这不是跟国家政策躲猫猫玩么？再说了，安全隐患谁负责？这么大的雪，要是把那老房子压垮了，把人压在里边，谁负责？我怕大家都负不起这个责。”

最后，洪大生又把手朝脖子一挥，说：“给你们半个月的时间，统计出有几家、几户、是个什么原因还要住在村里，马上把危房给我扒了，挖倒，退房还耕。不然……”

大冷天，任老爹不在家，顺着冷风瞧过去，那幢多少年前盖在山坡坡上的破房子还真的摇摇晃晃呢。楼上是不能住人了，廊檐朽败得像个百病缠身的老人，任老爹拿块地里的薄膜，絮絮柳柳遮挡着。也不知道他要遮挡什么？更像是骗骗自己的眼睛。

张小马一下懊恼起来，想，你这不是明摆着告诉别人这破房子里住着人么？城里好好的高楼新房子你不住，任老爹你这是给我张小马唱啥子调调、上啥子绳绳扣扣呢？

就听见一阵“哗啦哗啦”响，像是回答他们似的，任老爹一身的雪，从一旁的山坡上钻了出来，手里的那把破锄头湿漉漉的，好像跟着任老爹挨了一夜的雪。

张小马一见，忙喊：“任老爹，你怎么大早上拿把锄头？”任老爹“嗤”了一声，说：“张小马，我天天拿把锄头你认不得？我天生就是个拿锄头把的命，拿着它浑身舒服嘛。”

张小马一听，就对张小旺说：“怕是又喝多了。”任老爹把锄头胡乱丢在门口，拍拍手，说：“哪有酒喝呀，喝西北风还差不多。我去尖嘴山上找了一棵老松树挖开面前的土仔细翻瞧了，今年是个灾年，灾年啊。”

张小马急得要死，说：“任老爹，你莫乱说，我们还种着几十亩辣椒呢。”任老爹哼了一声，掏出烟杆，找个草墩坐下来，说：“你种金子也是个灾年。”

张小马说："不说了，就说进城的事。"任老爹拿出火石擦着，点了一锅烟，使力吸一大口，又使力吐出来，说："不去。我就奇了怪了，进城不进城是我的事，连我儿子都不管，你们管？你们是吃咸菜长大的？尽管闲事。"

张小马朝背脊后边狠狠吐了口吐沫，才跟任老爹说起了检查组的事。任老爹听完，也"呸"一声朝身后吐了口唾沫，说："也是吃咸菜长大的。"

张小马没有办法，拐了拐一旁的张小旺，说："走，打酒去。"

任老爹一听打酒，眼睛一亮，忙折身进屋，拿出个黑黄黑黄的塑料桶，丢在张小马面前，说："也帮我打一桶。"张小马笑起来，说："任老爹，我们送你一桶酒，你就回城？"任老爹咂咂嘴，眨眨眼睛，说："再说再说，等见着酒再说。"

有了酒，围着火塘，再加上喊任三篇家妈炸了两盘花生米和洋芋片，这个晚上，就突然热乎起来，屋外的雪，好像也突然停了。

几个人闷头喝酒，都不说话，弄得任三篇家妈站也不是，坐也不是，愣了半天，干脆也一屁股坐下来，拿着他们瞧。瞧着瞧着，就一声一声，叹起气来。月亮出来了，晴雪的晚上，月光总是冷冽的，从墙缝缝里照进来，也像冷风刮在身上，弄得屋里的人一阵一阵打颤颤。

大家冷得有点坐不住。张小马想着和任老爹讲点什么，还没张开嘴，还在想词，任老爹正好一歪头睡着了。就连粘在嘴边的一块花生皮，也来不及擦。任三篇家妈一看，又一声叹起来，说："唉，任老爹也是苦命人啊。拢共三儿一女，四个娃娃，都不回来。"

话说到这里，张小马觉得很惭愧，同张小旺一起压低了头。

任三篇家妈要说的，他们都知道。这任老爹年轻时候，也是一个种地的好把式，还当过村里的青年突击队队长，带着全村的人学红旗渠，炸石头、战天地，硬生生在石头缝缝间，掏出一条水沟来。要不然，老鹰垭口到今天，都要眼睁睁瞧着陡崖山上那个泉眼里的水，流到金沙江里去。牛气得很，人家讨的是小街子的媳妇，种十八亩地。

任三篇家妈又狠狠叹口气，说：“那时候整个老鹰垭口，过日子哪个不瞧着我们任家，加上任奶奶，我们任家咋个过日子，老鹰垭口就咋个过日子。天晓得，等几个娃娃大了，大女儿刚刚出嫁，任老爹媳妇得了病，耐不住半年，人就死了。从此，任老爹像是不过日子了。三个儿子都出去打工了，任老爹得了空，地也不种，天天喝酒了。”

张小马说：“你说的这些我们都晓得，关键是，任老爹几个儿子为啥子不回来管他们爹呢？奇了怪了，就放心一个七八十岁的老人在村里伶伶仃仃的？”

任三篇家妈一下诡异起来，说：“你们没有听说呀，几个儿子在省城卖烧烤，都卖成大老板了。”

任老爹突然一阵咳嗽，像是突然要打断任三篇家妈的话似的，就醒过来，恍惚望着他们，问：“你们来我家做啥子？”又看见任三篇家妈在，就一声吼起来：“别在年轻人面前瞎扯乱嚼的，我想起你们来我家干啥子了，我明天就回县城。”说到这儿，用手一指张小马，说：“你们开车送我。”

张小马连忙扯上张小旺，使力点头。

十

接着，就下起雨来。

张小马说：“这雨不该下啊，秧秧苗苗在地里长着呢，祖祖辈辈多少年，到了这个节令，都是需要大晴天里的大太阳的。俗话说‘一寸苗苗三寸光’，说的，就是这个时候地里的庄稼需要晒太阳啊，不然，多少种子种下去，都得涝死在地里。俗话还说‘晒不死的辣秧，打不死的婆娘’，说的，好像还是太阳的事，或者说，是这辣椒秧苗更要晒，更不怕晒了。你们说，是不是？”

郑肯长说：“是。”郑肯长说：“火辣辣火辣辣，当然要晒太阳，要使力晒太阳，不然，哪里来的火，哪里来的辣？”说完，眼睛就盯着越下越大的雨，什么办法都没有。

确实没有办法，连郑肯长都没有办法，就真的没有办法了。你要是地里旱，可以组织人挑水浇，使使力，还保得住。可是这雨，你再使力，它也不理你。

这雨还下得大，每一场雨，雨点都像豌豆似的。雨脚还长，一下起来，两三天才会停一阵。漫天透地的雨水把山上的石头冲到车路上，又翻起遍山遍坡的泥和土，在辣椒地里淹着汪着，像是要把那一棵一棵的辣椒秧苗，都埋进泥巴里去。

“天哪，这不是要了辣椒的命么？不对，这不是要了老鹰垭口每个人的命么？”大雨天，张小马急得满嘴的燎泡，到处找人，到处见了人就只会说：“喊人，快给我喊人。”

喊人来干什么？你见过哪个拿雨水有办法的？

郑肯长家媳妇，这时候突然要生了。这天，郑肯长冒着雨跑了来，“哇啦哇啦”在张小马面前吼，湿透的脑门上，汗水一股一股往下淌。张小马望着他，鬼火一阵一阵起，说：“郑肯长你吼什么，你媳妇到底是死了还是活了？说准了。”

好不容易听清楚，忙喊张小旺去找车，就跟着郑肯长往家里跑。手忙脚乱好一阵，才帮他背起媳妇，站在路边冒雨等。

等张小旺开了车过来，郑肯长背脊上的媳妇已经像一块湿淋淋的抹布，蔫巴巴贴在他泥糊糊的肩膀上。张小马往脸上使力抹了一把，喊："送，快送象鼻岭卫生院。"

几个人上了车，才在山上绕了个几个弯弯，前面的路已经被雨水冲垮的一堆岩石堵住了。还好，还留了一个窄口，张小旺在心里量了量，感觉能过去，就一脚油门往里冲，冲到一半，半边轮子陷在泥里打起滑，动不得了。

张小马骂了一声，问郑肯长："车动不了了，咋个整？"郑肯长一脸悲哀，像是他媳妇死了似的，说："天哪，天哪天哪。"

张小旺也骂了一声，说："还不赶紧下去推，我这车是借来的，旁边还在滚着石头，你们是想让我死呀。"

两个人才回过神来，忙下车来推。一脚踩进泥里，张小马嘴立马打起颤颤来，又被张小旺的车轮溅起一身的泥巴，猛然间，还真想找谁哭一场呢。

在卫生院，有几个护士看见了他们泥巴敷出来的样子，忍不住尖叫起来。郑肯长家儿子好像就是在她们的尖叫声中，泥乎乎生出来了。

郑肯长知道自己当爹了，一高兴，跑去墙根脚蹲起，不停用手巴掌根根抹眼泪。被张小马瞧见，就把头使力朝两个肩膀窝窝里埋。张小马忙上前，拿着他的脑袋狠狠摇了几下，说："好了好了，我们老鹰垭口，又添人口了，好了好了。"

郑肯长才嘿嘿笑起，跑出去抬了碗米线，朝病房里送来。张小旺笑他，说："郑肯长，月子婆要吃红糖鸡蛋，哪有你这样小气的。"郑肯长嘿嘿笑，说："你管我，我媳妇捡回来那天，就想吃碗米线。"

下午，趁着太阳露出一丝热头，张小马喊起郑肯长，朝派出所找了来。他想趁着在乡里，带郑肯长问问办户口的事。

张小马说："生了娃娃，要给娃娃办个户口，要不然，你家儿子就是个黑人，懂不懂？"郑肯长使力点头，笑得跟山里的野猴子似的，在张小马面前窜前窜后。

"办户口可以。"派出所有个女民警，女民警有个漂亮的水杯，擦得光溜溜亮闪闪的，放在办公桌上，让人觉得讲究极了。人家拿起来喝一小口，张小马就咂咂嘴，一直甜到心里去。

女民警又喝了一小口，说："拿结婚证来，娃娃办户口，要爹妈的结婚证。"

张小马一下傻了眼。"哪有什么结婚证哟，郑肯长家媳妇，是他捡回来的。"女民警一听，"啪"一声把杯子放到桌上，弄得张小马心里跟着疼了一下。她喊来两个男警察，才说："不行，绝对不行。不仅不行，还要调查，这生娃娃的女人，是不是从哪儿拐卖来的，不准走不准走。"

一下子，就围了很多人。大家都拿着郑肯长瞧，像瞧一只茫不知事的野羊，郑肯长惊慌失措，吓得朝地上蹲，再也站不起来。

丁所长来了。了解了情况，目光反而亮起来，拿着天花板照过来照过去。大家都不出声，等着他断。很快，丁所长想好了对策，一把拉过张小马，说："你们瞎搞，乱整，郑肯长不知道你张小马还不知道？"张小马说："我知道知道，这不忙着种辣椒嘛。"

丁所长说："辣椒重要还是遵纪守法重要？"张小马一听，不敢回嘴，转头拿着郑肯长吼，说："我就说嘛，你要闯祸，你是想媳妇想疯了。"

丁所长拉开架势，布置起任务来。让那两个男警察负责，马上开始调查这件事。说："要是拐卖，你郑肯长不仅鸡飞蛋打，还得负法律责任。要真是捡来的，哪里来的给我还回哪里去。"

张小马急得像是要还自己的媳妇，说："所长，不不，丁副乡长，你不了解，不不，你了解的，怕是难。”

当然难。郑肯长家的事，难就难在他那个半傻半疯的媳妇身上。“你从哪里来？要到哪里去？是怎样来到郑肯长家的？”不管那两个男警察怎么问，郑肯长家媳妇都是紧紧偎在郑肯长的胳肢窝里，吱吱呜呜，根本说不清楚。但是，从这个女人的神态上来看，她是极力依靠和维护郑肯长的，人多的时候，根本不愿意郑肯长离开她一刻。又抱着个刚刚出生的孩子，一家三口疼爱交加，可怜啊。

那两个男警察跟所长汇报的时候说：“女人看上去是郑肯长路边地里捡来的，但是，搞不清从哪儿来，还不回去了。”

丁所长看看那两个男警察，又看看张小马和郑肯长，最后说：“你们瞎搞乱整，不知道我们这儿忙成啥样子？先帮郑肯长家媳妇登记户口，让他们家把结婚证办了，然后再拿户口本来登记。简直添乱。”

所长这几句话，差点把张小马整出眼泪来，又顾不上，紧跟着问：“那，结婚证是不是在你们这里办。”

一屋子人就笑起来，那个女警察声音扯得很长，说：“婚姻登记站。”那两个男警察说张小马，没有讨过媳妇，认得什么。

给郑肯长办结婚证，是等他儿子满月以后。那天日子好，下了三四十天的雨终于停了，让地里的辣椒好好地喘了一口气。去的路上，张小马也狠狠喘了口气，想，你就是再下，天也没有塌下来，山也没有垮下来。

郑肯长很高兴，一天到晚都是笑眯眯的。要照相，得理发、刮胡子，等从民政所婚姻登记站旁边的理发室出来，又把他媳妇看呆了，还是个帅小伙呢。那女人就在他旁边小鸟一样飞过来，飞过去。

象鼻岭乡只有一条街，除了乡政府，剩下的都是铺面和集市。领了结婚证出来，郑肯长一只手拉着媳妇，一只手抱着儿子，那个红彤彤的小本本别在胸口上，把一家三口的脸映得红彤彤的。

张小马想，怕是一条街都瞧见了。

十一

农历六七月，辣椒长起来了。一个一个，嫩生生、绿汪汪探头探脑的，叫人心疼呢。这时候，这辣椒就需要雨水来滋一下、润一下，就像一个刚刚出生的奶娃娃，要吃口奶，要当妈的来亲一下、哄一下。

可不对啊，这鬼天气没有一滴雨，太阳像喝醉了酒，天天在山尖尖上晃过来、晃过去，把一块一块好生生的地晒得火烟冒，眼看着，就要裂开来了。

“背时倒运，背时倒运啊。”郑肯长天天像把锄头，杵在地里愁呢。有时候愁不走、想不出办法了，就拿着在地里薅草追肥的媳妇吼，吼得他媳妇满山满坡跑。眼泪倒是满山满坡淌，就是淌不成一仗雨水。

张小马不忍心，拿着郑肯长吼：“郑肯长，你吼你媳妇干啥子嘛。”郑肯长愁眉苦脸，说：“辣椒都快要晒死了，等年底吃啥子？没吃的过啥子日子？不行，不行我把她还回路边算了。”

张小马知道，郑肯长是在怪他呢。眼睛一鼓，吼起来：“郑肯长，你说啥子话？你现在认得嫌弃媳妇了？你媳妇又不是天上的神仙，还管雨水？你以为你想还回去就还回去，一个大活人，你还回哪里去？再说了，你们两个已经扯结婚证了，你想还也还不了了。”

郑肯长嘴笨，急得像地里的虫虫，到处乱钻，说：“我不是，我不是。”

张小马说：“你不是啥子，你不是。村里的公益岗，不是给了你媳妇一个了，每天跟着你管管辣椒、打扫打扫村里的路，一个月领七八百，还不够吃？还有呢，我们帮你媳妇申请的一个低保名额，马上批下来啦，一个月又是三四百，还不够吃？”

郑肯长一听，心里一激动，声音更大，说：“我不是，我不是说不够吃，这年头哪有不够吃的，我是说辣椒，这辣椒要背时了。”

张小马说：“背时什么，你天天把背时挂在你那张嘴上，不背时才怪。放心，这辣椒是村委会组织大家种的，再背时，有我们村委会呢，你只管管好辣椒，到时候，村委会一分钱都不会赖你的。”

张小马说完这句话，一抬头，被火烫火烫的阳光刺得缩了缩，心里像是突然裂开来，转身就走，这才发觉，辣椒真的要完蛋了。

别看郑肯长日子过得怂，那是他只喜欢守着家门口那十几亩地，只喜欢种地不想出去打工挣钱。说夸张点，郑肯长就是老鹰垭口种地的专家，就算是地里的一根草倒了，他都认得，就算是地里的一个虫虫爬过去，他都分得清公母。

那么就是说，郑肯长说辣椒要背时了，那几十亩辣椒，就真的凶险了。

张小马想到这里，才真的急起来，叫上张小旺，就要朝乡上跑，找乡长洪大生汇报去。张小旺怕挨乡长骂，死活不去，说：“哪有车？借不着车。这破路，车一开上去就要推，推不动推不动，借不着借不着。”

张小马四处瞄瞄，一把拉过老郑停在院子里的那辆破摩托，打着火，对张小旺说：“上来，这回我带你去。”

两个人骑上摩托，摇摇晃晃朝象鼻岭去。才出村口，遇上个拐子弯，差点撞在洪大生的公务车上。

洪大生伸出头，对着两个人吼：“你们两个慌着去找死呀，跟我走。”

来到辣椒地里，洪大生扫视着那些被晒得殃瘪瘪的辣椒，说：“我来看看辣椒。”张小马有点懵，慌得很，慌着慌着，突然间伤心起来，说：“乡长，辣椒怕是保不住。”

洪大生看看张小马，一下子不忍心，伸手搂住他的肩膀，说：“走，我们两个小树林里坐坐。”

两个人就在侧边山坡上坐下来。那是一片花椒树，正在结果，枝枝丫丫间，到处是一串一串绿油油的花椒，一阵一阵的清香伴着一阵一阵的清凉，那晒死人的阳光，就退出去老远。张小马第一次同乡长这样肩不是肩、背不是背地坐着，别扭得很，浑身紧绷绷的，满头满脸的汗，说：“乡长，这辣椒要是收不上来，要是收不上来……”

洪大生一挥手，就挥走了辣椒的事，说：“张小马，我当年在老鹰垭口的时候，你们还小。”张小马一愣，不知道乡长要说什么，只好跟着点头。洪大生说：“当年我们吃的苦，你们根本认不得。”

张小马听洪大生这样讲，心里莫名其妙松活起来，有点亲近，又有点感动，只觉得不那么慌了，顺手挣起一把草，抽一根，放在嘴里嚼。

远处，是蓝得叫人头晕的天和一群骤然飞起的鸟，它们的翅膀载着太阳炽烈的光，朝对面的山梁飘飘落落。有一条小路，像是被那些鸟扑腾出来的，走着几个人和几头牛，缓缓地，像是爬了很久，口渴的样子。

洪大生咽了口吐沫，讲起任奶奶来。

其实洪大生很少有这种时候，张小马上一回听见，还是他来象鼻岭当乡长那回。怎么说呢，洪大生一到这种时候，就变得特别亲，比张小旺和郑肯长他们还亲，就不是乡长了，跟老鹰垭口里的任何一个人一样，就是一家人了。张小马最喜欢洪大生这种时候，原因很简单，一到这种时候，他就觉得有了依靠。

洪大生讲着讲着，就讲到了任奶奶的现在，笑起来，说：“任奶奶这两年也不知道为啥子，也闹着要回来呢。”张小马心里一热，说：“她老人家想回来就回来嘛，老鹰垭口那么大，还会缺她一块地？”说完就有点呆，真的去想任奶奶回来的事，想，要是任奶奶在村里该多好啊。

想着想着，张小马好像也想任奶奶了，就问洪大生，说：“任奶奶这些年，都住在你那儿？”洪大生点点头，说：“是呀。”张小马也点点头，说：“老人家有福气，这辈子就该碰上你。”

洪大生一听张小马这样说，一下兴致满当当的，连眉毛都竖起来，说：“所以说嘛，不要慌，老鹰垭口是我的家，政府是你们的依靠。一点辣椒算什么？我从小就是吃老鹰垭口的辣椒长大的。”

张小马又拿那片被太阳晒得灰冒的辣椒地望了望。等瞧见老郑和老任也匆匆赶来的时候，洪大生身子一挺，站起来，说：“走，跟你们布置任务去。”

洪大生这一回要说的，还是检查组的事。

“上回说的检查组马上要来了。搬进城里住楼房的人，还有谁偷偷跑回来住在他们的烂房子里的，如果有，不仅你老鹰垭口吃不了兜着走，就连整个象鼻岭乡也要跟着受牵连，吃罚酒。”

所以说。当着村干部的面，洪大生的嗓门一下又大起来：“辣椒的事，你们先不要管，你们要是谁从城里放回来一个人，被检查组的撞着，我就要他的命。”

很难得，洪大生留下来，跟大家吃了顿饭。也没有几个菜，慌乱中，添了个岩菜煮红豆。洪大生一瞧见，满满舀了一碗，吃得“哗啦哗啦”响，说：“多久没有吃着这个味道了，多难得呀，任奶奶在城里天天念呢。”张小马说：“乡长你还记得老鹰垭口这道菜呀？简单呀，你多回来吃。任奶奶那儿，过几天我给她老人家送。”

没有想到，张小马的这几句话，说得洪大生有点动容，头一低，好像想躲过这满桌的人情，说：“张小马，今后，你想说什么，在我面前你可以随便说嘛，不用管什么乡长村长的，不用拘束，都是从小一起吃岩菜长大的。”张小马也有点感动，眼睛一红，额头上的筋微微鼓起，说：“乡长，这驻村工作队怎么还不来呀？”洪大生一愣，问：“张小马，你怎么问这个？”张小马眼泪都要出来了，声音压得很低，像小羊叫唤，说：“我们这儿人少，很多事，快要忙不过来了。”

洪大生一叹，说：“张小马，你们累，我们也累，俗话说得好，俗话说……”张小马忙接过嘴，说：“‘千条线一根针’，我们知道我们知道，可我们这针眼眼，已经塞得满当当的了，快要穿不过去了。”

洪大生眼睛一鼓，说：“张小马，你还给我叫起苦来了。你们拿工资数钱的时候怎么不叫苦？好歹，一个月也是两千多了。明告诉你，你们村原来那脱贫攻坚工作队，人家换地方不来老鹰垭口了，具体又换哪个单位来，还得等上级研究，我看，也是要等翻过年才有谱气了。”

张小马撇撇嘴，说：“嫌弃我们呢。”

“嫌弃就嫌弃，缺了你工作队，老鹰垭口还不吃饭了。”第二天，张小马叫上张小旺，就进城去寻任老爹。

两件事。张小马头天掰着手指头算了一晚上，这些搬进城的人家，除了任老爹，好像就没有人想着再回来。还有两家的破房子没有推倒，也是瞧着任老爹，说是任老爹家的要是推了，他们也跟着推。所以，算来算去，老鹰垭口这件事很简单，只要任老爹好好在城里待着不回来，你检查组就是天天来，也是守着公鸡下蛋——白费工夫。

另一件事，张小马想再去一趟那个什么种子公司，天气作怪是跑不掉的，万一你这辣秧苗苗也有问题呢？辣椒啊，满地的辣椒啊，张小马一想起来，心就开始“滋滋滋”疼，终究是不甘心呢。

十二

搬迁的小区叫新城，是城里最新鲜的一块地，怎么说呢，脱贫攻坚，让这块地一点一点热闹起来了。先是工地，机器轰鸣，一幢一幢的楼拔地而起。后来是人，符合条件的，国家都给你一套房，让你往城里搬，让你从此走出大山，成城里人了。

这得是多大的工程呀，几万人锣鼓喧天就朝城里涌进来。光老鹰垭口，就搬进来一百多户。一开始很多人不习惯，隔三岔五往家里跑，有的干脆又回去，住在老房子里就不走，把张小马他们忙死累死。两年多过去，又反过来，都喜欢上城里的日子了，尤其是年轻人，一个个天高任鸟飞，除了任老爹，哪个还想着回老鹰垭口那山旮旯穷沟沟里去。

张小马他们很欣慰，都说，天哪，这脱贫攻坚是给老鹰垭口换血呢，再过个两三代，等我们都成了爷爷辈，哪个还想得起自己还是山里人？老鹰垭口还有哪个记得呀，怕是连自己的老家，都要忘干净了。

只剩任老爹，都要乡村振兴了，到处都派乡村振兴工作队了，还在跑，你只要不看紧点，他就悄悄摸回来了，醉醺醺睡在他那四处漏风的烂房子里。还真像他说的，怕是死了，都没有人知道。

一想起这些，张小马就生气。这村里，就像乡长说的，千条线万条线都往村委会这针眼眼里钻呢。百废待兴，千舟竞发。你任老爹这条破线，却偏偏就绕来绕去死缠活缠，说难听点，你任老爹分明就是瞧不起我张小马做的这些事嘛。

老远八远，就瞧见老鹰垭口楼了。这新城，基本上是以村来分楼的。哪个村的人住的楼，就叫哪个村的名字。老鹰垭口这一百多户，就住在老鹰垭口楼里，二十多层高，抬头望望数数，叫人头晕。倒是好找，方便联系，哪一家住在哪一层，张小马驾轻就熟，闭着眼睛都不会走错。

任老爹家住在一单元九楼二号。这天还早，张小马和张小旺买了些糕点水果，打了壶酒，理路而来。刚停下，一大群人围着任老爹吵架的声音，差点撞在他们车窗玻璃上。

只听一个女人正揪着任老爹吼，说：“你还我的草莓来。”又听另一个女人吼："任老爹，你都七老八十了，还一天到晚喝得醉醺醺的，你喝死喝活我们不管，别压着草莓啊。"第三个女人说："真是的，你老巴巴的，还干个么活计，跟我们这些孙子辈的争，任老爹，你就是故意的。"

张小马还没有站稳，基本上就搞清楚情况了。这新城，配套有扶贫车间，人们都在车间里干活。比如生产手机充电线，比如制作服装，比如编织手工艺品……一个月干下来，三四千的收入。可人家那是流水线，年轻人干的活计，任老爹这种七老八十的人，根本轮不上。

好在还有公益岗位，就是每天负责小区的清洁卫生，扫地、搬运垃圾、守大门当保安，一个月，也能挣个千把块。扫地的活计，都被婆娘们包圆了，守大门，人家要的是四五十岁的。任老爹抢来抢去，就剩下运垃圾了。

这天活该任老爹倒霉，大清早贪嘴，喝了几口酒，老眼昏花，推着个垃圾桶从水果车间门前过，一个不稳当，垃圾桶碰到个坎坎，倒翻过来，硬生生压在人家正准备摘洗的一堆草莓枝枝上。要知道，那草莓娇嫩得很，这一压，五六十斤草莓被压坏了呢。

"五六十斤有点夸张。"张小马说："三四十斤差不多。"三个女人抢上前，说："三四十斤就三四十斤，我们辛辛苦苦摘一天洗一天，一斤才挣五角钱，要他赔。"

张小马忙掏出二十块钱，说："赔赔赔，我们替他赔。"任老爹一把抢过去，说："赔啥子赔哟，我又不是故意的，我都没有二十块呢。"张小马没有办法，只好又掏出二十块钱，说："这里这里，这里有嘛。"

这才哄住了任老爹，得跟着他往家里走。

进了门，任老爹还在埋怨，说："你们真是吃饱了撑的，二十块呢，够我喝好几碗酒了。"瞧见他们拎着的东西，眼睛一亮，问："给我的？"张小马忙点头，还忙不上开口，任老爹眼睛又一暗，说："你们这些人，买什么糕点水果，我不要，咋不买酒来？”张小马忙拉过张小旺，说：“有有有，老家带来的，一壶呢。”

任老爹这才高兴起来，让了座。可哪有地方坐下来嘛，打眼一瞧，客厅里堆满了捡来的矿泉水瓶，剩下一小块地，摆了两个小板凳，任老爹坐一个，留给两个人的，只有一个。

张小马四处打量起来。两室一厅，本来多好多宽的新房子，硬是变成了那些空瓶瓶的仓库了。任老爹也不闲着，坐在小板凳上，“啪啪啪”拿着那些空瓶子踩，一下下就踩满一堆，又顺手抓起一根早就准备好的塑料绳绳，捆扎好，往小卧室丢。

小卧室里，堆满了踩扁的矿泉水瓶，只在墙角摆了一小张木头床，张小马想，那应该就是任老爹睡觉的地方。又想，任老爹就睡在这些空瓶瓶中间呀。

任老爹瞧见张小马的样子，说：“瞧啥子瞧，也好呢，有这些空瓶瓶陪着我，饿不死，还能打发日头。”

张小马听任老爹这样说，心里不是滋味，说：“任老爹，我们来瞧瞧你。”任老爹没有好声气，说：“瞧啥子瞧？我有啥子好瞧的？洪大生让你们来的吧，又要来说不让我回老鹰垭口？”

张小马不敢接话，想了想，说：“任老爹，我瞧你在城里，过得好呢。”任老爹就使力点头，说：“好好好，就是肚子不好。”张小旺就笑起来，说：“任老爹你放心，我们咋会让你饿着？”

就听见任老爹长长的一声叹，说：“唉，算了，你们只要时常来陪我喝台酒、说说话，我也就知足了。”

话说到这个份上，恰到好处，张小马忙使力扯起张小旺，从任老爹家退了出来。电梯里跟张小旺合计，说：“我瞧任老爹，还是懂道理，不会为难我们，走，我们再给他老人家买点桌子板凳去。”张小旺很犹豫，说："买倒是可以，就是怕我们前脚买好，后脚他卖了买酒喝。"张小马听见张小旺这样说，一下恼起来，说："张小旺，你说什么，我们老鹰垭口的人还是硬气呢。"

出了楼，刚刚坐上车，还没有发动，就瞧见王红梅了。

王红梅是从一辆小货车上下来的，立马，张小马觉得，就连那辆灰巴巴的小货车都变得光彩照人了。忙把头埋住，生怕被王红梅瞧见。见她走进任老爹住的那个单元，才使力喘了口气，像是死过去一回，紧紧拽着张小旺，说："等等，我们悄悄等等。"

张小旺明白得很，笑起来，说："张小马，还侦察敌情呢。"说完又想起来，说："张小马，怎么到哪儿，都能碰见王红梅？"

这话说到张小马的痛处，他知道，张小旺说的是上回种子公司的事。也没有心思跟他争辩，只说："哪里就碰见了，碰见哪里了？"

张小旺鼻子"哧"了一声，说："癞蛤蟆想吃天鹅肉。"

张小马像是没有听见，眼睛只顾盯着楼梯口。盯着盯着，就把王红梅盯出来了。打死他们都想不到，后面还跟着任老爹呢。

任老爹背着一捆空瓶瓶，手里又提着一捆。要知道，那些瓶瓶都是被任老爹踩瘪了的，压得实在，就变得沉，走路打晃晃。边走，王红梅还边回头，要帮任老爹提。任老爹一挥手，就挡开了。

张小马和张小旺变得静悄悄的，不敢动。张小旺刚要推车门，被张小马一把拉住，使力摇头。他们只好眼巴巴坐在车上，瞧着任老爹反反复复把他的空瓶瓶从楼上背下来，往那辆小货车上装。

王红梅很听话，也很有耐心，既然任老爹不让她碰那些瓶瓶，她就靠在车前面，别起两条腿，刷着手机静静等。在张小马眼里，这个上午，小区里因为有了王红梅，阳光都显得五彩缤纷的。张小旺拿着张小马看，不忍心，想说什么，又觉得什么都说不得，嘴一直张着，就是撵不出一句话。

一直等到任老爹的空瓶瓶装满了车厢，王红梅才离开了手机，拉开车门，扶任老爹坐将上去。之后，让司机调过头，一溜烟跑老远。

张小马还感叹，说：“天，满满一车呢，任老爹了不起，看来，生活是没有问题了。”张小旺瞟了眼张小马，还是什么话都说不出来。

从县城回来，张小马一路蔫瘪瘪的，张小旺说什么，都惹不出他的话来。直到雨点噼噼啪啪落下来，直到雨水哗哗啦啦往辣椒地里浇，张小旺才喊了一句：“天哪，终于来雨水了。”

张小马像是一下被眼前的雨水激灵醒了，一推车门就往外跑。张小旺急了，追着喊：“你干啥子去？”

张小马说：“我去地里听听，这雨水落进地里，真真好听着呢。”

哪有什么声音，雨水落进地里，是没有声音的，只有辣椒地里的叶子，一片沙沙地响。张小马不甘心，干脆趴进泥里土里，把耳朵竖起来，贴地上听。听着听着就笑起来，冲张小旺喊：“我听见辣椒喝水的声音了，咕嘟就是一口，咕嘟就是一口。”

那个时候，张小马满脸的泥巴水顺着眉毛鼻子淌，只有张小旺知道，他怕是在淌眼泪呢。

十三

辣椒慢慢从枝叶间一个一个冒出头来了，一眼瞧上去，就知道比往年种的辣椒大。有多大，大家围着瞧，张石头家妈说：“这就是工业辣椒啊，天，有个鸡蛋大呢。”任三篇家妈撇着嘴摇起头，说：“不像，不像鸡蛋。”郑德贵家妈就抢上嘴来，说：“有只麻雀大。”

“哄”一声，大家的笑声，惊起了远处一树的麻雀，叽叽喳喳高飞低舞，好不热闹。

这个时候，郑肯长家媳妇让一个辣椒趴在手巴掌里，嘟嘟囔囔，说：“小老鼠，小老鼠。”大家一瞧，嘿，那辣椒要是像她那样连着枝叶摘下来，还真像只小老鼠呢，那枝枝，就是小老鼠拖着的尾巴。这一下，大家更是乐疯了，都说：“天哪，小老鼠小老鼠，这辣椒就是晒干了，也像只皱皮皱胯的小老鼠呢。天哪，我们种的辣椒，有只老鼠大呢。”

只有郑肯长追着他媳妇打，吼起来：“谁叫你扯辣椒的？憨媳妇，谁叫你扯辣椒的，谁叫你扯辣椒的？”

一个老鹰垭口，好像就“哗”一声笑起来了，笑得一块一块的辣椒地，都红彤彤的呢。笑得一山一山的云彩，都朝他们跑过来了呢。

很快，他们又笑不出来了。那结出来的辣椒像是有病，不对，肯定有病啊。不然，怎么出一个，那绿色的皮皮就开始长一种黄褐黄褐的斑点，斑斑点点，没几天，还没等灌辣染红呢，就往地里掉。这像什么？这就像一个人，一出生就老死了，这怎么可能？一地的辣椒啊，就像死了一地的小老鼠。

张小马根本见不得，还不如叫他自己死了呢。那一个一个掉在地里的辣椒，就像烙在他心上一个一个的洞洞，那个疼，疼得两只腿杆直打战战。

只有躲着不见人。他哪里还能见人呢？辣秧苗苗的钱是村里家家户户借的，记得借钱的时候，开的是大会，他在会上跟大家伙吹牛皮，说是等这辣椒出来了，怎么怎么如何如何。吹嘛，现在咋不牛皮哄哄了呢？还到哪里去吹哟，郑肯长和郑肯长家媳妇，任三篇家妈张石头家妈和郑德贵家妈，这些人哪个见了他张小马，不把他撕了啃了才怪。

最害怕的，还有乡长洪大生。这些天，张小马天天在摸自己的脖子根根，那架势，好像就等着他在主席台上，一挥手“咔嚓”一声砍下头来。

张小马面如死灰。

“赶快抢救呀。压化肥压化肥，这辣椒没见过，个头大性子怪，怕是得比平日里的辣椒压的肥要多。搭架子搭架子，这辣椒个头大，怕是自己的枝丫撑不住。”有一天，张小马实在找不到原因，捡起一个就咬，才一小口，感觉牙齿才划开皮皮，就辣得嘴肿了两三天。大家全都惊叫开来，说：“好家伙哟，怕是一头大象，都能辣死哟。”

张小旺见了就笑，说：“张小马你这不是辣的，你这是急出来的。”张小马一听更是急得火烧火燎，冲张小旺吼：“张小旺，你懂什么哟，这是急的问题吗？这辣椒是乡长喊种的，乡长的辣椒，你懂个什么哟。”

“薅草薅草薅草。”张小旺见张小马像癞蛤蟆被牛踩着，摸不得碰不得的样子，就干脆不理，带着人辣椒地里喷除草剂去了。

这一天，来了两个警察，才把张小马的注意力从辣椒地里挣了回来。

张小马问：“你们是哪里的？干啥子？”人家不说话，掏出证件给他瞧了，直接就问：“任小龙回来了吗？”张小马使力回忆那个年轻警察警官证上的字，感觉这两个人是从省城来的，就问：“哪个任小龙？”

两个警察突然笑起来。那笑挂在脸上，冷冷的，让人害怕。

张小旺绷不住，悄悄跟张小马说，任小龙都不知道？任老爹家儿子，开烧烤店那个。张小马一头想起来，说：“对对对，任小龙，在省城开烧烤店开烧烤店，听说成大老板了呀。”

身份对上了，两个警察也就不那么敌意了，年纪大的那个，还露出了和蔼的神色，说：“请带我们去他家瞧瞧，可以吗？”

张小马说：“他家？他哪里的家？老鹰垭口？早就搬进城里了，再说，他们是老鹰垭口最早进城打工的一批人，没几个人记得他们了。”

两个警察不信，说：“老鹰垭口是任小龙的老家，就是身份证上的籍贯，怎么可能没有家呢？一个人怎么可能没有籍贯呢？”

没有办法，警察可能都这样，不相信人呢。就带他们去瞧任老爹的破房子。两个警察在那片残墙烂椽间皱了好一阵子眉头，还是不相信，又问：“那么，他们家就住这儿？没有别的房子了？”张小马赶紧回答：“怎么可能住这儿，任老爹都搬进城里了。”

两个警察很节制地点起头来，难得赞同了他们的说法，之后，就围着那个败叶落枝的院子前前后后转，拍了很多照，没有放过任何一个细节。

回到村委会，他们像是长舒了一口气，跟张小马他们通报了案情。年纪大的警察很有经验，说话慢悠悠的，很有水平。他说：“你们是村委会的，也是一级组织了，我们认为，你们是可以配合我们工作的。”

接下来，老警察又轻轻咳了一下，清了清嗓子，算作是思考和停顿，说：“任小龙是十年前一个聚众斗殴杀人案的主犯之一，这个案子，我们刚刚破了，由于时间太久，我们正在找他。”

张小马和张小旺一下就缩起了脖子，手死死绞着，藏进了袖口。

年轻的警察见了他们这样子，就笑起来，说：“别紧张，别紧张，我看你们刚才配合得挺好的嘛。”老警察听年轻警察这样说，就接下话来，说：“队长，那是不是我们就撤？”年轻的警察点点头，吩咐老警察：“把我们的电话给他们，万一任小龙回来，给我们打电话。”

见两个警察要走，张小马才一下活转过来，说：“吃饭，吃了饭再走，吃了饭再走嘛。”

王红梅。不知道为什么，追着两个警察走远的背影，张小马第一个想起来的人，竟然是王红梅。背时倒运了，王红梅和任小龙，张小马想，这两个人才是天生的一对呀。

突然间，满山大雾，张小马再朝前望望，哪有什么背影，只剩一辆警车山路上弯弯绕绕的警灯，一闪一闪。张小马对着天，欲言又止。

张小马就要去找。喊张小旺：“找车，找车进城，进城。”张小旺说："张小马，你想好了，不要管闲事，辣椒的事还一大堆呢，乡长万一来了，找不着你。"张小马说："辣椒有郑肯长他们在救着，老子们救人去。"

路上，张小马还跟张小旺说："乡长的事是事，省里公安的事也是事，都是事，哪一件你敢耽误了？"张小旺撇撇嘴，一副把他看透的样子，根本不相信。

"咣当"一声，车驶过一个减速埂，算是下到山脚了。往前看，是矿石镇人声繁杂车来车往的街。通往县城的高速公路，斜挎在那些高楼的肩膀上，像一条骄傲的绶带。不经意间转过头，才发觉，他们是从身旁的高山顶上下来的，云遮雾绕、众鸟飞绝，真像是长到天上去了。

天哪，那么高呀，根本看不见也想不起老鹰垭口的一点样子。

还有十多天，县委党校的大专班又要开学了，那是张小马熟悉的情景，枝繁叶茂的梧桐树从学校门口顺街而来，掩映中，一个冷饮店就会隐隐约约露出门脸来，要找王红梅，当然就去那里。

进得门来，还是那种熟悉的味道，王红梅听见他们的动静，笑着从柜台后转过身来，递上点食的单子，说："草莓杧果还是蓝莓？"

张小马根本不看，带张小旺径直走到一个卡座里，稳稳坐定后，才说："今天不吃冰淇淋了，给两杯水喝吧。"王红梅一愣，问："确定吗？那我给你们做两杯原味的奶茶吧。"

才说完，就听见门外车响，王红梅又丢下他们，去招呼车上卸下来的炭和洋芋。边招呼边对他们说："不好意思，你们稍微等等，秋天要来了，冷饮不好卖，我得提前准备了呢。"

张小马拐了拐张小旺，两个人就去帮忙，一箱一箱的栗炭，帮着往小店里的一个门里送。走进门里，才发现，原来还有个小院，炭就堆在小院对面的廊檐下，齐齐摞了半堵墙。

张小旺很警觉，堆完炭，还拿小院的边边角角一处一处扫。张小马兜屁股就是一脚，低声说：“走，回去坐好。”

因为帮了忙，王红梅对他们热情又感激，除了两杯奶茶，还上了两个大份草莓味道的冰淇淋。张小旺哪里吃过，含在嘴里，根本舍不得往肚子里咽，冻得龇牙咧嘴的。

终于等王红梅有了空，已近傍晚，张小马再也等不住，只好开口，趁王红梅过来收拾杯子，就说：“找你问个事。”王红梅马上收了脸上的笑，问：“啥子事？”

张小马很犹豫，像是说出来的话会弄疼王红梅似的，舍不得开口。舌头像根筷子，在嘴里拌来拌去，一直到又瞧见王红梅笑起来，才说：“你，你认识任小龙？”王红梅一听，一屁股坐在张小旺身边，笑变得僵硬起来，多多少少，眼里，还掠过一丝懊恼和埋怨，说：“不认识。”

张小马就更心疼，说：“怎么可能不认识嘛，你都认识任小龙他爹呢。”王红梅一听，就低下头去，像是很沉，再也抬不起来，叫人怜惜。

等再说话的时候，感觉她整个人晕乎乎的，天旋地转语无伦次的样子。她说：“他对我好啊，所以，所以。”

十四

任小龙对王红梅，那是真的好。他说，是男人，就要占山为王。

英雄爱美人，美人羡英雄，十年前的那一架，就是为王红梅打的。

有人要欺负王红梅，想从刚来省城、人生地不熟的任小龙手里，抢走初中就跟着他寸步不离的王红梅。这还得了？那一架，省城二十几个人，象鼻岭这边十几个，一哄而上，打得天昏地暗。

省城的人哪里是山上的人的对手，只是口气大。象鼻岭这边，都不说话，个个像下山的野牛，或者，上山的野狗，逮着人都是下死手，省城这边的人被打得四散奔逃。哪里还想什么王红梅。

有几个人，是被任小龙他们打趴下的，血呼哩啦躺在地上，也不知道是死是活，还没有等看清楚，就听有人喊：“警察来了。”任小龙他们拉起王红梅，跑得干干净净。

他们躲了十几天，发觉没有事了，就出来，开始找活计讨生活。后来，开起了烧烤店，生意还做大了。

“这么说，当时你在场？”张小马问出这句话的时候，天已经黑了下来，街上的路灯也亮起来，好看极了。

王红梅点点头，说：“在啊，那时候年轻，天天打架，我也不知道哪一架在哪一架不在。反正，没有谁打得过象鼻岭的人。”

张小马又问：“有一天在种子公司，我们见着你了，坐在张小车上，开车那个，怕就是任小龙？”

王红梅点点头，说：“是，我们准备投资种辣椒呢。”

张小马也点点头，说：“你让他去自首吧，警察来老鹰垭口找他了，还留了电话呢。你要告诉他逃是逃不走的。”

王红梅的眼泪就流出来了，抬起头，涟涟泪眼间，盈盈澜秋水。但说出来的话，口气硬得很，她说：“杀人偿命欠债还钱，我们哪里逃了？”

张小马和张小旺吓得跑了出来。一出来就看见了县委党校的教室，灯火通明。那一团一团炽白的光，从对面淌过来，像淹进了张小马的心里。

张小旺的肚子“咕嘟咕嘟”叫开来，人也跟着叫：“张小马，这回你死心了嘛，任小龙是哪个？我早就听说过，惹不得惹不得。走吃饭去，我陪你吃顿好的。”

张小马摇摇头，说：“回村，还有多少辣椒等着呢。”

后来张小马时常想，是男人就要占山为王，那么，女人呢？女人到底该是什么样的女人，才爬得起那一座接着一座的山？

辣椒是没有指望了。不管哪一天去地里瞧，都是出一个掉一个，根本等不得红。一地的辣椒，一亩地一亩地的辣椒，满山满坡的辣椒啊，张小马他们心疼得昏叨叨的，生巴不得一纵跳下去，替那些辣椒去死。

农科站长老袁带着人来瞧过几次，最后，也只能摇头，无力回天。反过来安慰张小马，说："张小马你放心，这辣椒又不是你独儿子，全乡到处都种的是，五百亩，没有办法呀，都这个样子了。"

张小马一听，觉得老袁这话像把刷子，一下下就把他心里的难受，"唰唰唰"刷得不见了一大半。忙一把拉住，不准走，叫任三篇家妈带人生火做饭杀鸡打酒，说是要跟站长喝一台。

鸡汤被炖得黄生生、油汪汪的，又炒一大碗肥肥的老腊肉，又炸十多个香喷喷的荷包蛋，煮一锅小瓜洋芋，就喝上了。老袁兴致很高，脸喝得黑黑的，跟张小马他们讲起道理来，一套一套的。

老袁说："天气在这里摆着，不说天灾吧，但气候的影响肯定是跑不脱的，整个象鼻岭乡的辣椒，基本上都受灾都长不出来了，所以，放心好了，板板打不到你们老鹰垭口头上。你们这才五十亩嘛，算个啥子？六七十亩百把亩的村好几个呢。"张小马舔了舔嘴皮，老袁的话让他干裂的心情一下变得润湿起来，就像一瓢水浇到辣椒根根上，那个滋润啊。忙抬酒朝老袁的酒杯里倒，说："那是那是，今年这天气，倒过来长的。"

不过。老袁口气一转，提醒他们："这辣椒啊，毕竟是乡长喊种的，乡长喊种的辣椒，就是乡长的辣椒。"说完，唉一声，夹了个荷包蛋，一嘴咬将下去。张小马的心，又随着老袁嘴角淌出来的油，被嚼得稀碎。忙站起来，给老袁满满舀了一碗鸡汤，说："喝着喝着，这可是郑肯长家媳妇养的鸡，不喂饲料，满山跑着吃虫虫吃虫虫。"

老袁嘴仵进碗里，闷头就是一大口，把那碗鸡汤喝得"滋啦滋啦"响。半碗下去，才抬起头来，抹抹嘴，掏出一根烟，点着火，又使力吸了一大口，悠悠吐出来，才妥当了，说："所以，你们千万不要停，该浇水浇水，该薅草薅草，该搭架子搭架子，一定要把那辣椒地，打整得像是丰收的样子嘛，这样，乡长来瞧了，也是一种安慰嘛。”

张小马听了，头点得像是鸡啄米，说：“对对对，好好好，老袁你说得太对了。我们明年还要种，明年还要种。”

说到这儿，老袁皱起了眉头，想了想，说：“趁着酒劲，给你们透个信，明年我们要在老鹰垭口搞高标准农田了。种什么，再说了。”

不知道为啥子，老袁的这句话，倒把张小马搞得浑身不是滋味，失落得很。也趁着酒劲，张小马声音突然大起来，说：“不行，老袁你得给我们机会，还要种辣椒，种个一百亩，我还就不信了。”

老袁走的时候，天已经黑透。月光却亮，照见一山一山的树，清辉尽倾。满天的星星，一颗一颗，此时在喝了酒的张小马眼里，都是滚圆滚圆的，四周的山拱托而起，夜空变成了一个圆顶，好看极了。张小马迎着这块独一无二的天，不知为啥子，眼泪一下就下来了。

第二天，张小马去了乡里。他还是舍不得那些辣椒，想找乡长，讨个主意。再说了，还有大家伙凑的两万块辣秧钱呢，到底怎么办？

乡长不在，说是去县里开会了。张小马突然感觉无事可干，心里一下子空落落的，出了乡政府大门，不知道往哪里去。

这是个新鲜的早晨，又逢街天，赶街的日子，家家的铺面早早就开张了，还有铺面之外一个一个的摊子，沿街而去。

有那么一两处，摆着蒸锅，蒸着金黄金黄的苞谷饭。大家伙不说苞谷饭，都叫面面饭。一瞧见，肚子就叫，就真的感觉到了苞谷的甜和香了。还热着一锅豆花，这样，吃进嘴里到处乱跑的面面饭，被豆花一拢，就成了一嘴，几乎不用嚼，直接往肚子里咽了。碰上走十几里山路饥肠辘辘的山里人，豆花面面饭，像是直接往脖子里倒进去。

张小马想想，也往脖子里倒了一碗。

蒸锅的对面是个理发摊。一个老头，一把木凳，一个孩子，一个凉棚。右边是一辆大卡车，左边是一辆摩托车，刚好变成理发摊的两面墙了。

张小马觉得有趣，站在那儿瞧。突然一阵风，刮得他满身碎发。

还有卖豌豆凉粉的，只问问，吃不下了。还有卖筲箕豆腐的，不知道为什么，张小马称了一斤。还有卖大蒜的，又称一斤。还有青菜，称了七八斤。还有矿石镇烤的香喷喷的荞糕，张小马最爱吃，也称了一斤。

乡政府对面，是一家卖农机的店，张小马蹲在一台微耕机旁，仔细瞧起来。如今，老鹰垭口的人在地里干活，基本不用锄头和牛了，他们都用这种长得像手扶拖拉机头的微耕机，在地里“轰隆轰隆”翻。

收了庄稼的地，是要在十月间翻出来的。这就像给地穿上一件新衣服，新土从地里翻出来，霜一降，地里的虫虫和地里的病基本上就被冻死了，来年再种，又是一块新地了。张小马突然想起了一句老话，说十月间翻地，是翻一碗油。冬月间翻地，是翻一碗汤。腊月间翻地，是翻一碗水。也就是说，只有在十月间翻出来的地，才是好地。

那么，老鹰垭口今年的地里，说到底只能是一碗水了。

张小马想到这儿，心里又急起来，拿着对面乡政府的大门，使力往里面瞧了去，真巴不得瞧出个乡长洪大生来呢。

只有办公室秘书小陈，眼睛尖，出门的时候一眼瞧见了张小马，大声招呼起来，说：“走，走走走，一起吃饭去。”

十五

张小马借了个背篓，背着他的豆腐、大蒜、青菜和荞糕，理路往老鹰垭口回。

天已黄昏，太阳像是赶了一天的路，在尖嘴山和陡崖山的垭口歇脚呢，把天烧得红彤彤火辣辣的，倒勾画出一股铺天盖地的美。山川河谷，大地庄稼，此时在张小马心里，就是家了。

一下下，就高兴起来。

遇上放羊的张老福，张小马把豆腐分给他，说："拿去炒了吃。"遇上放牛的任老六，张小马说："分你一斤大蒜和青菜。"遇上从辣椒地回来的郑肯长，张小马说："把荞糕拿去，给你媳妇尝尝。"

最后，瞧见了张小旺，张小马大喊一声。张小旺一见张小马，也大喊："你哪里去了。"

张小马说："明天我们两个，跑趟矿石镇。"

张小旺背着明晃晃的阳光跑过来，露出一脸黑黝黝的笑，问："干哪样？"张小马说："我瞧了，可以去高铁采石场拉石头、挖土方。"张小旺问："拉了干啥子？"张小马说："拉了还大家伙的辣秧债呀。"张小旺还问："债还了又干啥子？"

张小马吼起来："债还了，种辣椒呀。"

两个人不约而同，都朝山下望。

山下，高铁隧道的工地机声隆隆，灯火通明。

完

《入乡问山录——群山匍匐》之四：

PART 4 美风

箫韶九成，凤凰来仪。

——《尚书·益稷》

婚呢，还是等两年再结吧。张大发想了想，又说打工的事，说是太穷，要出去挣钱，等过两年挣到了钱，再结婚。美凤应了一声，低下头。那脸，扭得跟瓜地里的瓜藤一样，毛刺刺的。没有办法，美凤伸手去扯一旁的瓜叶，撕成一条一条，又一条一条在地上铺开来，殃瘪瘪的。

张大发看见美凤的手，就懒得说话。

怎么说呢？这是没有办法的事——美凤长了一双大手。在张大发眼睛里，美凤样样都好，就是那双手不如人。美凤这两年越长越出挑，越长越灵秀，大家议论起她的手，就越说越起劲。都说呢，美凤毁就毁在她那双手上。你想想，好端端一个大姑娘，手有芭蕉扇那么大，一把可以捏起一个篮球，天王老爷，哪个男人见了会喜欢？手大，就会让人想到脚粗，粗脚大手嘛！

其实根本不用想，一眼就看得见。管你美凤怎么藏，就是藏不住那双手。手巴掌又大，手指头又粗，到哪儿一坐，一大双手只好抬着，人显得小了，手背上的青筋倒是粗起来，一看就知道是捏锄头把、使憨力的，她要是摸你一把，不非得把你脸上撸下一层皮来，丑死。

偏偏粗脚大手的美凤，喜欢文艺，跟着村里张再发家的文艺演出队，到处跑，跳舞、扭花灯。你想想，她那双手，要是干起农活来，肯定是把好手，要是站在舞台上呢？哎哟哟，别提了，瘦精精、高颠颠的一个人，你就是把她放在最后边，只要一舞起来，任你红绸翻飞，还不是藏不住那双大手。她的手一挥，像是挥着根系了红绸子的钉耙，要脚不是脚，要手不是手，哪还有个文艺的样子？

在张大发眼里，舞台上美凤的手，像极了电视里机器人的手，骨节粗大，咔嚓咔嚓，仿佛一不小心，就会把那临时搭的舞台，挖几个洞洞眼眼。

这不是“光着屁股跳舞——转着圈地丢人”吗？

人家美凤还不这么想。人家美凤感觉好得很，你叫她别跳了，她就扯着脖子跟你挣，问：“为啥？”还说：“跳舞是我的命根子，谁还不兴有个梦、有点爱好了，难道我们乡下人，就只能一辈子面朝黄土背朝天？”

这道理肯定是对的，仔细想想，又觉得哪儿不对。张大发憋了半天也憋不出个屁来，只好认输，由着美凤粗脚大手挨村挨寨地跳。

这就不仅是丢人了，这简直就是“老母猪抹胭脂——比不要脸还不要脸”了。

“谁不要脸了？不都是因为穷么。哦，因为穷，唱歌跳舞就不要脸了？这话，就你张大发说得出口。”美凤知道，张大发这是找借口呢，张大发这是嫌她手大呢。想到这儿，心里的倔劲上来了，又一把扯下一片瓜叶，说：“咱们分了吧。”张大发一愣，说：“美凤你说什么？分了？美凤你想得倒好，分了，我们家往你们家送了那么多彩礼，就分了？”

美凤站起来就走，在坑坑洼洼的瓜地里，像根歪歪扭扭的竹竿，边走边说：“我让我们家往你们家退回去。”说完，就哭了，忙深一脚浅一脚往家走，很远，才敢回头看，只看得见黑漆漆的瓜地了，上面，星星很大很大。

很简单，美凤也进城了。

本来呢，是不用进城的。穷是穷，哪有张大发说的那样穷？脱贫都好几年了，现在已经在开展乡村振兴了，又不是吃不饱饭，又不是买不起衣裳、上不起学。如今时代不同了，村里人跟城里人区别不大了，城里人吃什么，村里人吃得比他们还好。城里人穿什么衣服，村里人也比着穿什么衣服。城里人看什么电视，村里人也看什么电视。电视上不是说了嘛，如今城里的有钱人都要到乡下来住了，那你张大发还穷折腾个啥子？

只是跟别人比，没有那么多钱。话又折回来说，要那么多钱干嘛？钱倒是多了，就是再也不能跟着张再发的文艺演出队，唱歌跳舞了。

所以，从坐上班车进城的那天起，美凤就知道，她心里的那个文艺梦就这样毁了，毁在那个叫张大发的男人手里了。只不过，只要音乐响起，不管在哪儿，不管有多累，她的心里，总是会一激灵，跟着，就想出老远去。

她就恨上了张大发。你不是要彩礼吗？我给你退回去。你不是要进城吗？你进城我也进城。你不是要挣钱吗？你挣钱，我要比你挣更多的钱。

哪有那么容易。

张大发瞧不上美凤，是有道理的。“男人手大抓宝，女人手大抓草。”这句话，就是说给美凤的。抓什么草？美凤不知道，只知道这句话是歧视她的，只知道她要在城里找个工作，比在乡下找个男人都难。

先在缫丝厂干。方圆团转种桑养蚕，城里就有缫丝厂，产丝，这比山高坡陡的老鹰垭口强。很多村里的女人，进城打工就是缫丝。手艺活，简单，把蚕粒倒在煮开的水中，估摸着差不多了，就开始用个小刷子在上面刷，等索得丝绪，将若干个茧的丝合起来，穿过磁眼，就绞成丝鞘。如今大部分活都让机器干了，人只用在一旁盯着，看着什么地方茧子缫完丝了，或者是中途丝线断落了，你就接上。

这活计，要手巧，其实也巧不到哪儿，就讲个手疾眼快。机器根本不会等你，你只要看见哪儿断了，得“哧溜”一下把手伸进烫水里，再“哧溜”一下，抽丝接丝就得完成。这叫添绪，再笨的女人，一个月下来，靠着经验，都会干了。

美凤一双大手天天泡在热水里，又疼又痒，就是学不会。那丝太细，美凤的手指头根本拈不着。磕磕碰碰，一天下来，一鞘丝里外到处是断头，这怎么行？工厂讲究的是效益，哪有发着钱给你弄废品玩的？

不出两个月，美凤被辞退了。辞她的那天，老板盯着她的手，很鄙视，想说点什么道理，又说不清楚，最后说：“你连这活都干不了，那你还能干什么？”

美凤使劲藏着她的手，连补发给她的工资，都不敢伸出去拿。

确实，在这地方，进城来的女人如果进不了缫丝厂，基本找不到活路。混不下去了，就想着去找张大发。张大发在建筑工地上，美凤去的时候，日头正烈，像是到处冒着火。张大发眼睛里也冒着火，浑身湿得像是从澡堂里爬出来的。刚问了句啥事，围在脖子上的那条毛巾就差点被他“哗哗”流出的汗淹死。

美凤就说不出话来。张大发再问，她就说：“没事。”张大发说：“没事你来找我干嘛？”美凤一下恼了，说：“没事我就不能来找你了？”张大发说：“我不是那意思。”美凤说：“那你是啥意思？”张大发说：“我就不是那意思。”想了想又说，“彩礼的事，我也不是那意思。”

美凤转身就走了，还淌出眼泪来。只不过，太阳大，一抬眼就烤干了。

美凤就跟着秀丽，去干手机贴膜的活。秀丽是隔壁村里的女人，去象鼻岭乡上赶集认识的。那时候，秀丽在镇上开了间理发店，嘴又甜，手又机灵，美凤从她门前过，总感觉秀丽像只小鸟，在客人的头上叽叽喳喳跳。凡是从她理发店里出来的姑娘，个个被她打理得水灵灵的，好看得很。美凤有一次试着进去了一回，出来，张大发就拿着她使劲瞧，瞧完，拉着她街上转了一圈，遇上手机店，二话不说，进去给她买了一台新崭崭的手机。

那天，是美凤最高兴的一天。

后来秀丽嫁人了，嫁了人，就关了理发店，跟着男人进城做手机生意去了。听说比理发赚钱。美凤来了没几天，就在街上碰到她。

手机贴膜，就是在通信公司营业大厅对面的小巷里，在自己胸前挂个小牌子，写上“手机贴膜”几个字，然后再支个小桌子，摆个小凳子。从营业大厅买了手机出来的，一般都要找到他们这样的小摊，给手机屏幕贴个不知啥材料弄的薄膜，说是保护。也不贵，一般就是十几二十几块的膜，贴一次，收个十来块钱的手工钱。要是遇到贴上百块的，就多收点，也就三十左右。

开初的几步都做得很好，什么除尘呀，擦拭手机屏呀，像模像样的。可只要把那膜从塑料袋里一拿出来，美凤就不行了。心慌。她的手大，拎着那薄薄的一层，像是拎着一条滑溜溜的泥鳅，逮哪儿都使不上力气。到了贴的时候，更是要老命，对不齐，不是左边歪着，就是右边斜着。等好不容易对齐了，往下慢慢滑，又撕不下后一个离型膜了。这个时候，她会抬起汗津津的脸，想使劲透口气。就碰上了人家顾客恼死你的目光。没有办法，只好抬着活计，去找大老刘。

大老刘是秀丽的丈夫，紧挨着她们的摊摊，开了个手机配件店。卖些存储卡啊、手机套啊、手机膜啊、充电器啊什么的，生意好得很，一年赚十多万。大老刘很热心，一到这种时候，忙从柜台里转出来，紧紧贴着美凤的身子，手把手地，就把那膜贴上去了。贴完，美凤已经羞得满脸通红。秀丽呢，早就满脸不高兴。

也有一贴就贴好的，这个时候，秀丽手里要是没有活，就会跑过来，跟她说：“我就说嘛，这又不是绣花，你能干好的。”美凤就冲秀丽笑笑，心里更是愧得要死。

反正，就这么简单的一个活，在美凤的眼里，还是不好干。更何况，风吹日晒的，天气热的时候，热死，冷的时候，冻死。哪像秀丽说的："干几年，就可以开个小店面了？"美凤想，照她这样笨的，怕是只能蹲在外面，热死、冻死了。

这天，美凤肚子疼，没有去摆摊。睡一阵醒一阵，等熬到天黑，一枕头的汗。头昏沉沉的，要挣着，才能爬起来。美凤接了半锅水，在电磁炉上炖着，想煮碗面吃。想着想着，就想起家来，想着想着，就想起孤单来。就要哭。

大老刘刚好来敲门。美凤问："谁？"大老刘说："我们来瞧瞧你。"美凤以为秀丽也跟着来呢，忙慌着拉开了门。

进来的，只有大老刘。这个白白胖胖的男人，像条好奇的狗，一进来，这儿嗅嗅、那儿蹭蹭的，团团转。蹭着蹭着，就蹭到美凤边上来了。一把伸手去搂，美凤磨开身子躲开，又一把紧紧搂住，美凤使劲挣。大老刘呼呼喘着气，说："你挣什么呀挣，这些日子要不是我帮着，你有什么生意！"说完就使劲把美凤往床上拖。

美凤一大巴掌推在他脸上，大老刘一个仰砸，捂着脸在床上疼，半天回不过劲来。

美凤趁机跑了出来。还听见大老刘骂："臭婆娘，粗脚大手的，你要是嫁得出去，老子一头撞死。"

美凤哭了。很伤心。一边哭，一边跑。等跑到张大发的工棚，天已经黑透。

工棚里人多，张大发一见美凤的样子，慌了，披着衣裳跟美凤来到外边。问："又啥事？"美凤这回很直接，一开口就问："你回不回？"张大发问："回哪儿？"美凤说："回村。"张大发扭捏着，说："我们不是说好了嘛，等挣了钱，再回。再说，我这儿正挣着钱呢。"美凤说："那就算了。"说完转身就走。张大发追着说："美凤美凤，我不是那意思。”美凤说：“你就是那意思。”张大发说：“我根本就不是那意思。”追上又说：“美凤美凤，上回彩礼的事，我也不是那意思。”

美凤在城外的一条小河边坐到天亮。淙淙潺潺，清清粼粼，倒把她的心事，洗刷得干干净净。

手机贴膜是干不成了。在屋里躺了一天，美凤想好了要回家。第二天一大早收拾好，出了屋，往车站走。走着走着，脚还是不争气，硬生生把她带到了劳动力市场。

人不多，也不少，反正，都是进城找工作的。美凤对这儿挺熟，缫丝厂的活，就是在这儿找的。慢悠悠转了一圈，心里像野牛一样扑腾得紧。想，又去缫丝厂干？又想，鬼才去。想，回家吧，回家多好。又想，怂包才回家呢，你张大发不回，我也不回。你张大发挣钱，我，我要比你挣更多的钱。

想着逛着，就碰上了赵桥富。赵桥富起先就盯着她瞧了，美凤也没有在意。后来赵桥富盯着她的手瞧，美凤才停下来，盯着他的眼睛瞧。赵桥富长得丑，还没有美凤高，西装领带一套，像只穿错衣裳的黑猴子。一看就是个精心打扮的骗子混混。

美凤对他很反感，一磨身子，就要走。赵桥富出声拦住，问：“厨师干不干？”美凤一听新鲜，说：“厨师不都是要男的吗？”赵桥富使劲摇头，面上还带着嘲讽的笑，那模样，让美凤使劲打了个寒颤。他说：“都什么时代了，还死脑筋老套路，这个时代，不创新，就得饿死。”赵桥富咬牙切齿的，一口黄板牙露了出来，嘴角还冒出了吐沫泡泡，很激动。他说：“我不要男的，我要推出的，是厨娘。”

美凤一听，眉头死死皱起来。她听不懂他说什么，反正，话从他嘴里出来，就是觉得脏兮兮的。就是难听。尤其听到“厨娘”两个字，美凤心里的火一下就起来了，她说：“我不干那脏活。”说完抬脚就走，甚至觉得整个大厅，都被眼前这只黑猴子弄得脏兮兮的。

赵桥富怪，赵桥富那天死追着美凤不放。快到大厅门口，追上了，忙着喊了一句：“这姑娘，瞧你这话说的，你知道柴火鸡吗？我找厨娘，就是去炒柴火鸡的。”美凤一听，站住了。柴火鸡？谁不知道呀？村里不都吃这个吗？好像突然明白了事情，就觉得自己这样跟人家说话，有点过分。就问：“哦，你是在找炒菜的？”赵桥富忙说：“对呀对呀，我就是在找炒菜的。”美凤说：“那，你不早说。”赵桥富说：“我早就说了呀，问你厨师干不干？”美凤说：“我没听清。”

边说边往外走，话就接上头了。美凤说：“炒菜行呀，我在家天天干活。柴火鸡我也炒过。”说完又看了赵桥富一眼，说：“我看你像个骗子。”赵桥富一听，觉得受了天大的委屈，说：“骗子？我怎么可能是骗子呢？我当过七年兵，是个军人。”美凤一听，又拿着赵桥富打量了一眼，说：“你当过兵？特种兵吧。”说完，自己偷偷笑起来。

说着笑着，来到一辆面包车旁，绿色的，车门上印着“龙泉山庄”几个红彤彤的字。赵桥富赶上来，指着说：“你瞧瞧，你瞧瞧，我们龙泉山庄，名头都敢印在车门上，不会骗人吧。再说了，我们这是国营单位，谁骗谁呀！”

美凤一听国营单位，又想起赵桥富当过兵的话，才敢伸头往车里瞧上一眼。见里面已经坐了五六个女人，心里更是一松，问起来，说：“那你，怎么瞧上我呀？我怕我干不好！”

赵桥富说：“你手大，握得住锅铲，肯定干得好！”美凤心里一热，差点涌出眼泪来。

进龙泉山庄的最后一段路，要经过一片浓密的树林，车一钻进去，天就黑下来，坐在前边的赵桥富显得更丑了。美凤的心里，反倒是渗出一道光亮来。

赵桥富还真不是个骗子。人长得丑，本事挺大。为什么能在部队待七年？凭的就是一手炒菜的好本事和一个聪明的小脑壳。你膀大腰圆抵什么用，人家从连炒到营，再从营炒到团，从团长到连长，个个喜欢他炒的菜。后来一想，不划算了，再不赶紧出来做点生意，时间长了不是个事，才退了伍。

龙泉山庄也不假，国营单位。属于这地方最大的一家国营丝绸厂。这家丝厂不仅缫丝，还加工丝绸，生意做到外国去了，工人们个个生龙活虎的。一提起，美凤就知道，因为能进这家国营丝绸厂，是这地方每个姑娘的梦。

工厂大，后勤这一块就大，人家搞个龙泉山庄，是专门用来跟客户谈生意的。赵桥富不知怎么钻进去，硬生生把龙泉山庄承包了下来。什么游泳、网球、迷你高尔夫、贵宾楼餐厅……这些东西怎么弄，美凤一概不知，她只知道，她们这群厨娘，要负责赵桥富的野炊项目。她要抡大勺，炒柴火鸡。

地点很美，在龙泉山庄一片依山傍水的树林里，赵桥富会整事情，什么芍药园、杜仲园、银杏园、三七园、桂花园……尽是些中药里好听的名字，他说，客人来了，瞧见这些名字，神先安下来，才能好好吃饭。

其实哪有什么中药哪，安什么神呀！无非就是给灶台起了个名。一个名字，一个灶台。灶台外表很漂亮，古香古色的，上面架一口大锅，四条长凳四面一支，就是一个园子了。或者说，就是一桌。

农家口味。客人来了，现场笼火，现场炒。如今条件好，笼火的时候，用固体酒精。白白的一小块，点着了往灶膛里一扔，架起早就备好的木柴，一下就着了。油用的是菜籽油，葱、姜、蒜和各种蔬菜是周围村子的地里专门种植的，客人要是不信，可以专门开着车，自己到山庄外边的地里采。酱用的是本地的农家酱，客人要是不信……最重要的是，鸡在后山上漫山遍野地放着，客人要吃，现去抓。

等油热透，葱、姜、蒜、花椒、胡椒、草角、八角往里一放，“唰拉”一声，就开炒了。火候差不多的时候，本地的农家大酱和着料酒一起倒进去，香味就出来了。紧跟着，小米辣、糊辣椒、酸萝卜一一下锅，这才把一盆砍得大小合适的鸡肉倒进火辣辣、香喷喷的大锅里。这个时候，美凤大手一紧，大锅铲一抡，舞得四面开花，香气扑鼻。客人们都说，美凤炒的柴火鸡，是最好吃的。

好吃还不说，美凤后来炒着炒着，心情一好，当着客人还唱上了。

她唱：“伊啦，山对山么爱对爱，蜜蜂采花深山里来。蜜蜂本为采花死，梁山伯为祝英台……”

她唱：“村子出来小马街，花椒对着胡椒栽。哥是花椒先开口，妹是胡椒口难开……”

她唱：“小哥么莫把阿妹嫌，穷人么也要把婚连。千穷万富么不到老，总有么出头的那一天……”

她唱：“高一台么低一台，好花生在陡石岩。好花一开贵人到，朵朵朝你迎过来……”

赵桥富听见了，偷着乐，跟他媳妇说：“哎哟哟，还算好还算好，这个美凤，打死都不来的，我脸皮厚，死说活说才来的。”

美凤也觉得得心应手。都是农家的活计，在村里，哪个会来瞧你一眼？在城里，反倒稀奇了。她一边炒一边唱，城里人围着她一边看一边听，嘴里“嚯嚯嚯”地叫着，突然间就让她觉得，自己就像锅里翻滚的那只鸡，浑身上下处处都有用了。

工资也高。赵桥富到处贴广告，山庄、厨娘、柴火鸡，生意好得不得了，客人常常排队，挤得翻桌子。二十几个灶，十个厨娘，底薪一千五，炒一桌，提成二十。美凤一天要炒十几桌，一个月下来，猛一头就拿到六七千。天呐，六七千，张大发家送来的彩礼钱还得上了。第一次，美凤从赵桥富媳妇手里见到这么多的钱，根本不敢伸手去接。晚上睡不着，就翻来覆去数，先是把新钱旧钱分开来，后来又合在一起。想想不对，又一张一张理，凑着灯光一张一张瞧，接着又想起来，把那钱一张一张头是头、尾是尾对得齐崭崭的。

这才喘口气，信了。这才反应过来，今晚怎么没人叫关灯。忙转眼去瞧，同屋的张婶和刘姐，都在数钱呢。大家对上眼，都乐，都说赵桥富是个好人。

赵桥富听说了，“嘿嘿”笑着，黄板牙一撬一撬的，说：“共赢共赢。做生意，就是要有这个理念，共赢共赢。”

也有干不下去的。张婶就是。张婶手小，抡不了大勺，一盆鸡肉下了锅，正赶火候呢，张婶娇小，只好两只手抓着那大锅铲，一个身子扑上去炒，呛得鼻涕眼泪直流。有两次实在不行，又烫又辣，心一慌，大锅铲掉进锅里，当着客人的面，丢了丑不说，一锅鸡也废了。等到了第三次，张婶慌得伸手去锅里捞，手伤了不说，还是当着客人的面犯错，影响太坏，赵桥富的媳妇要开除她。

张婶跑来美凤面前哭，说她不能没有了这活计，家里男人生病，使不上力，一家老小都指望她呢。美凤一听，带着张婶就去找赵桥富的媳妇。

赵桥富人长得丑，媳妇却漂亮。白生生胖嘟嘟的，脖子上一根细细的金项链，耳朵上两个乖巧的金耳环，脚腕上也绕了一根，走起路来，让人觉得精贵得很。坐在收银厅里，二郎腿翘着，眉眼一露，不怒自威，活生生一个美妇人。美凤见了，话到嘴边，又咽了回去。

人家人好，笑眯眯地，拿着美凤问：“啥事？”美凤指指张婶，说：“不能开除她，她家里靠她一个人养活。”赵桥富的媳妇脸色一变，说：“那，美凤，你叫我怎么弄？你们赵总把这一摊交给我，就不管了，他天天陪什么领导喝酒去了。你们大家都应该知道，弄个生意不容易，你们的吃住、工钱，都得往里面拿对不对？她这样一锅一锅地废，我赔不起呀。”

美凤说：“那你要是让她走了，我也走。”赵桥富的媳妇一听，笑起来，两个酒窝挂在脸上，嫩生生水汪汪的，说：“我怎么会让她走呢，你别吓我了。可是，这事情总得解决嘛。”美凤一听，一双大手在人家面前摇晃起来，说：“你只要不让她走，没有问题没有问题。”

问题还真的没有了。美凤想了一个办法，张婶炒的时候，她跑去帮她炒，等炒好了，要在锅边贴玉米饼的时候，又让张婶帮她贴。美凤手大，玉米面是定量的，每锅要在锅边贴出十二个饼，这对美凤是个难事。张婶手小，正好干这活。这样，美凤负责炒两个锅，张婶负责贴两个锅的饼，配合起来，只用使个眼色，当着客人的面，一点破绽都没有。有时候美凤忙死，张婶见了，还会跑过来，帮忙笼火添柴。两个人好得要死。

后来发工钱，张婶抽出五百，要感谢美凤。美凤一大巴掌推开，说：“张婶，你没听见赵桥富说吗？这叫共赢。我帮你炒鸡肉，你还帮我贴饼呢。这钱呀，算不清的。”张婶听了，眼泪大颗大颗，砸在地上。

快到秋天的时候，山庄里来了一伙唱歌跳舞的。住在不远处的楼里，说是要参加省里的一个什么什么比赛，封闭训练。

美凤忙丢下锅铲跑去瞧，就遇到了大花。大花是张再发家媳妇，嗓子好，个个都喜欢听她唱山歌。大花说，他们是被县文化馆选出来的，要去省里参加农村文艺汇演。那口气，像是她在文化馆拿工资似的。美凤一听，头就低了下去，拿着自己的手使劲搓。像是想赶紧把手心里那些老茧搓下来，好跟着大花去文化馆似的。大花见美凤这样子，就说：“美凤，其实你挺能唱的，要是努努力，保准成。”

美凤努力朝大花挤出一丝笑来，说：“来我那儿吃柴火鸡。”

往回走的时候，树荫下，满地都是落叶。在美凤的眼里，一会儿金黄，一会儿萧瑟。接着就起风了，把一地的枯叶卷起来跑，美凤想去追，又愣愣地站住。望着它们一直往远处飞。

后来再炒鸡，美凤就不唱了，园子里一下冷清了许多。赵桥富有点慌，跑来问："美凤美凤，咋不唱上呢？客人们都喜欢听呀。"美凤笑笑，什么也没说。

每天，闲下来的时候，她都要把自己洗得干干净净，换上最好看的那件碎花衣裳，去看大花他们的封闭训练。

二三十人的队伍，大多是跳花灯的。美凤不敢让大花看见自己，躲在一棵树后，偷偷往窗子里瞄。有一天，碰上人家跳《游春》，听见唱："城里景色好迷人，姐姐妹妹去游春。不打胭脂不擦粉，人比山色胜几分……"忙伸直脖子往里瞧，就瞧见人家一群姑娘，手中拿着花伞，舞得团团转。不禁痴了过去。

文化馆带队的常老师，好几年前在美凤家住过，跟她熟。出门来倒水，一眼就看见她了，就喊："美凤，你怎么来了？"

屋里的音乐和响动好像一下就全停了，美凤慌得转身就跑。老远，还觉得后面大花的眼睛追着自己笑呢。

当晚，常老师带着大花他们来吃柴火鸡了。好多人，坐了满满一灶台。点名要美凤炒，美凤不去。赵桥富急了，忙着来找，说："美凤，客人让你炒鸡呢，快去呀！"美凤说："我不去。"赵桥富问："怎么会不去？"美凤低了头，扭扯着围腰，说："不去就是不去。"赵桥富摸不着头脑，说："美凤，我看你是要成仙了，放着钱都不去挣了。"美凤扭过头，不理他。赵桥富鬼火上来了，就骂："美凤，我看你是不想在这干了！你信不信我开了你？美凤，唱歌跳舞的难找，像你这样粗脚大手的，老子拿着铲铲进一趟城，一撮一大堆。"

张大发恰好这时来找美凤，听见了，一句话不说，闷头抄起一把锅铲，就朝赵桥富头上抡。赵桥富吓得满园子到处躲，就追得很多人围着瞧，大花他们，肯定也看见了。

张大发追了一阵，折身回到屋里。气哼哼把锅铲朝桌上一丢，弄得盆啊碗啊盘子啊一阵乱响。才问：“这人是谁呀？他怎么你了？”美凤见了张大发，突然委屈起来，大哭，指着门，喊：“你给我滚！”

从第一次拿工资数钱那天，美凤就知道张大发会来找她。自己有钱了，自己炒个鸡挣的钱是张大发这个男人在工地上挣的两三倍还多，从今以后，自己再不穷了。张大发怎么会不来找她呢？张大发不仅会来找她，张大发还会跟她说结婚的事情呢。

果真，张大发不滚。等美凤骂够了，眼泪擦干净了，就说：“美凤，走，进城去，我给你买新衣裳。”美凤说：“我有钱呢，不要。”张大发说：“我又不是买给你的，我是买给你爹你娘的。”美凤说：“我爹我娘的我也自己买，不要。”张大发在那儿发愣，脖子又粗又红，想了半天，才说：“美凤，你是不是看上别的男人了？就刚才那个？你是不是跟他扯不清了？丑成那样，也扯不清了？”

美凤说：“你走，你赶紧走，我跟你，才扯不清。”

赵桥富后来一直跟美凤僵着，也不赶她走，也不跟她说话。美凤呢，自己跟老板使了回性子，知道理亏，之后干起活来，格外卖力气。好像欠了赵桥富条人命样的。还是张大发把这个结解开的。

张大发又连着来了两次，知道了事情的经过，就买了酒和烟，往赵桥富那里送。还说：“我家这个婆娘，迟早我要收拾她。”赵桥富一看，气也消了，嘴也软了，忙对张大发说：“收拾啥呀收拾，你家这个婆娘，在我们这儿可是个宝贝，今后，你可得好好哄着她，供着她。”张大发吸吸鼻子，一连声说：“当然，当然当然当然。”

临近中秋，大花他们要去省城了。常老师提了一盒月饼，来找美凤。月饼往桌上一放，常老师支吾了两声，也不知道说啥。美凤倒是慌了，忙着倒水让座。常老师说：“就不坐了，美凤，明天要走，我就是来看看你，跟你说一声。”说完就往门外走。美凤愣了半天，才丢下抹布追出去，说：“常老师，我送送你。”

天黑透了，四处都是山庄布置的霓虹灯，顺着山势、水势，闪闪发光，好看得很。常老师也很高兴，一路跟美凤讲，他们这次比赛肯定没有问题，肯定能拿好成绩。美凤在一旁跟着笑，好像常老师在表扬她似的。

晚上的天气还是凉了，一阵风吹来，常老师感觉到冷，就停住，说：“美凤你回去吧，张大发那人我了解，老好人一个，你别整天胡思乱想，如今，还是挣钱盖房子过日子重要，我们这唱唱跳跳的，也就是个乐子，没几个人瞧得上的。”美凤就站住，点点头，拿着手使劲搓。常老师又说：“炒鸡好啊，你不知道，后来我们从赵老板那儿知道了你们的收入，我们那儿好几个跳舞的说，等比完赛，她们也要来呢。”

第二天，美凤早早就换上碎花衣裳，跑到后山去了。还好，她赶上了常老师他们。一辆小客车，颠颠簸簸地行驶在山路上，大花的山歌从车窗里传来，引得林子里的鸟一片一片地叫。真好听。后来车上了公路，“呜”地一挣，就把她甩出老远。

日子就这样一锅一锅炒过去了。没谁欣赏她，也没谁招惹她，只有每个月数工钱的时候，美凤自己在心里赞赏着自己。也只那么一小会儿，接着，就要去算计以后的日子了。

张大发是个老好人，常老师说的，美凤的心里美滋滋的。后来见了他，表面上依旧没有好脸嘴，其实心软了，心思也就温柔起来。

快过年了。轮到美凤休息。太阳暖暖的，在房檐下透下暖暖的光来，远处的树和园子，都变得暖暖的。美凤这天想，她要进趟城，过了年，就嫁人了，她要给自己买几件漂亮的衣裳，给张大发，也买几件体面的。到时候两个人一穿，客人来了，才好看。

龙泉山庄离城只有十几里路，很近。坐在公交车上，美凤渐渐就看见了高楼。从山上望下去，它们就像舞台上一只只舞动的手臂。阳光下，县城突然就变得生动起来。好久没有进城了，美凤瞧着车窗外渐渐开阔的景致，突然有了一种依依不舍的念头。是呢，她要结婚了。是呢是呢，她一定要记住，她和张大发稀里糊涂的情分，就是在这座小城里，才真的有的。

她在一个大商城门口下了车。里面很挤，快进不去人了。年前的县城，人们买起东西来，跟不要钱样的。美凤只是看了一眼，没有跟着往里挤。她拐了个弯，想到梧桐街上去。她知道那条街也卖衣服，不挤，还便宜。

果真，梧桐街上静了许多，就快春天了，满街的梧桐树也有了生气。她看见的几棵树，好像还长出了新芽。阳光也是静悄悄的，不声不响，就洒在脚前，暖暖的，还偎在她的脖子上呢。

这个时候，美凤听到了一阵琴声。那声音不是很近，也不是太远。叮叮咚咚的，每一声，都好像敲在她的心尖尖上。好听得很。没有办法，她忙越过两家服装店，循声而去。

就见到钢琴了。是一家琴行，一个老师模样的女人，正在弹呢。她的手灵巧得像是在琴键上跳舞呢。不，她的手在唱歌呢。这是在唱一首什么歌呀？美凤听得入迷，不知不觉跨了进去，悄悄站在了老师的身后，

后来那老师弹完了，凝神不动，美凤还痴痴呆呆站着，以为她还要弹。等老师发觉背后有个人，猛一回头，美凤才醒过来，羞得不知说什么好，忙冲她笑笑，摆摆手，拔脚就走。

那老师喊："等一下。"美凤慌忙站住，说："我是来买衣裳的。"那老师突然不跟她说话，一把抓起她的手，疯疯癫癫的样子，说："这么大的手，多好的一双手，可惜了，不弹钢琴，可惜了。"美凤使劲往回挣，边

挣边解释，说："我只是，只是听听。"

那老师听见这话，眼睛一亮，问："你喜欢？"美凤点点头。老师忙站起来，拉住美凤，把她按到琴凳上，说："来试试，试试。"把美凤羞得使劲把自己的那双大手往身后藏。

后来还是禁不住老师的劝，美凤在琴键前张开了手。那老师把她的手指一个一个掰开，一个一个放上去。对她说："你按下去，按下去。"还感叹道："天哪，可以把两个八度。"

美凤就红着脸，按了下去。

钢琴发出一阵轰鸣。那声音，突然间就朝美凤心里涌进来，突然间漫过她的心坎，小溪一样，淌遍了全身。美凤湿淋淋摇晃了一下，像是坐不稳。不敢再按，抽开了手。

那老师还在感叹："多好的一双手呀！可惜了，可惜了。要是长在北京上海，这双手，可不得了啊。"

美凤问："你刚才弹的，叫什么？"老师说："化蝶。"

美凤匆匆出来了。老师追出来的时候，再也找不见她。只觉得有个女子，从县城的街上，飘过。

很奇怪，美凤再找不见了。张大发再也找不见她，赵桥富再也找不见她。

后来，他们听说，有人在上海遇见过她。

完

《入乡问山录——群山匍匐》之5:

PART 5 开往平地的高铁

一

葵香姓张，叫张葵香。人长得清爽，十八九岁了，不出去打工，也不说嫁人的事，大家都知道，这姑娘性子怪，有事没事，喜欢捧着一本书。胸脯大，屁股翘，走起路来，两旁的树叶都被她带得摇摇晃晃、哗哗作响。她却喜欢哭，常常一个人躲在树荫底下，暗自落泪。

谁都不知道她哭个啥子，为什么哭。有几回她娘瞧见了，急得骂：“说你哭啥子哭啊，你有这哭的工夫，倒是出去找个人家呀，倒是出去打个工呀。”

大家就猜，葵香是因为嫁不出去才哭。又转头瞧瞧葵香长的眉眼模样，又不像，就又猜，说：“葵香这姑娘呀，怕是心高得很呢，怕是要嫁星星、嫁月亮呢。”

葵香葵香，顾名思义，她娘是不小心、把不住，把她生在了一片葵花地里。她娘说：“这姑娘生下来的时候，她闻见了一股葵花香。只是慌，因为孩子生在地里，又害怕又害羞，就死死抱着，倒哭了葵香一身的眼泪。”

她娘说：“怕是因为那身眼泪，惹了这姑娘哭的毛病哟。”

大家就好像都明白了，“哦”地一声，随她哭去。

直到这年冬天，修建高铁的大队人马开进了老鹰垭口的山脚下，说是要修一条铁路，通往山外边，一直向北，通到平地上去。大家知道了，慌手乱脚、兴高采烈。也不明白慌什么，高兴个啥子？但是，那劲头却像老鹰垭口涌进来的一阵风，一直吹呀吹，吹得山响河翻的。

只是有一个问题大家一直想不明白，平地在哪里？长啥子样子？老鹰垭口没有一个人知道。有一回吹牛皮，村主任张小马说：“平地嘛，就是平地嘛，平地都没有见过？就是平，平泱泱的，从这座山一眼就可以望到对面那座山，一眼就可以望到你家窗户里去。”

大家就扯白眼，说：“你说的，还不是山嘛。”

也有真正见过的，很少，任三篇是一个，不过一年到头很少回来，也就说不了几回话。好像有一回，听任三篇说过，说是平地呀，火车比汽车跑得快，“呜”地一声，就蹿出好几里地去。说完就要走，不耐烦再理会大家。张小马忙一把抓住，说：“三篇三篇，你一年到头不回来，这回见着了，你要多讲点。你说火车比汽车跑得快，我咋就想不通呢？火车那么大，汽车那么小。”

任三篇听了，一脸的鄙夷。就又坐下来，像是要把这个问题犁地样的，条是条、行是行给翻刨清楚。又仔细想想，发觉自己好像也不知道呢，只好说：“这还不简单，因为平嘛，平地嘛。”

大家就又扯白眼，说：“你说的话等于没有说嘛。”

任三篇才急起来，说：“不信？不信你们自己去瞧瞧嘛，就是平，平得很，我跟你们这么说，你们朝金沙江里冲泡尿，一下下，就能干到平地的脑袋上去。”

这样问题就更复杂了，大家懵头懵脑，觉得本来就难理解的事，被任三篇搞搅得像是经历了一场考试，就反过来，对任三篇不耐烦起来。

为了弥补，任三篇忙使力摆手，稳住大家伙，说：“平地上有钱嘛，因为地平，那儿就是有钱的地方，到处都是钱，满地都是钱。不信？不信你们瞧瞧我嘛，我打工砌砖瓦，一个月，光净钱就可以拿四五千呢，还不包括人家给我交的保险。一年下来，挣个七八万跟喝碗稀豆粉样的。”

大家这才半信半疑，说：“任三篇，你这样说我们就明白了。不过，你得请我们吃台酒。”任三篇爬起来就走，说：“吃什么吃，家家杀过年猪，还不够你们吃？”

这些话，其实就是吹牛皮冲壳子摆龙门阵，大家听听，笑笑，就过去了，就像山沟沟里突然响起的一串鞭炮，不能吃、不能穿，却是平平常常的日子里少不了的响动。

只有葵香听进去了。葵香听完的第一个反应，还是哭。

葵香的哭有个特点，只流眼泪不出声气，随便找一个地，独自在那儿，偷偷地泣开来。不要人管也不要人劝，好像随时随地都在的叽叽喳喳的鸟叫，时时可以开始，也时时可以停下。

任三篇不知趣，见了，忙挨上去劝。又不懂，磨半天才说："葵香你哭什么，等过完年，跟我打工去，怎么样？我保证，你一年可以挣个四五万，怎么样？"葵香一听，抹抹眼泪站起来，说："任三篇，要是像你说的，我早就去了，轮得到你管？唉……"葵香长长叹了一声，远远走开。顺手扯一朵蜡梅，放在手掌心里轻轻焐着，嘴里还低声轻语，一路涟涟。

任三篇听不懂，远远站着，倒是被一股一股的北风，吹得透心的冷。

腊月二十九，到了这一年的最后一个街子天，一大早，任三篇就来约张葵香，要一起去赶街。葵香把门捂得严严实实，自己在里面，不应一声。葵香她娘见了，急得跳起来，在院子里跺着脚喊："葵香，三篇叫你赶年货街呢，你是癞蛤蟆被牛踩着了，听不见还是动不得？"

葵香就别别扭扭地跟着任三篇去。一路上，天蓝得没有一丝云彩，像是被一场雨水透透洗刷过似的。风很轻，几乎感觉不到任何带有杂质的响动。树还枯着，看得见喜鹊在上面搭的窝。有一两只正在带着另外一两只飞。它们飞出去，绕着他们盘旋一阵，之后，又飞回枝丫间的窝里，忽远忽近，悠悠扬扬。

太阳出来了，身上一阵暖，春天肯定在哪个山坡上冒出了一片叶子。想到这，心里也一阵暖，葵香就站定，看得痴了。

任三篇趁机在葵香身上摸了一把，葵香脖子一紧，就不敢乱想，一个人朝前边走。任三篇追上来，说："葵香葵香，你身上有一股葵花香。"

葵香的眼泪，差点就落下来。

街子上到处都是卖年货的摊，几乎连放脚的地方都没有。人挤得透不过气也寻不见缝，像是要在这小街子上死一回似的。见到凉粉摊，任三篇喊："葵香葵香，吃碗凉粉？"葵香使劲摇头。见到面面饭和豆花摊，任三篇喊："葵香葵香，吃一碗豆花面面饭？"葵香又使劲摇头。见到肉摊，任三篇又喊："葵香葵香，买块五花肉明天蒸个红烧肉吃。"葵香再也忍不住，说："就像你明天要来我家过年似的。"任三篇笑得欢起来，说："你叫我来我就来。"

葵香给了任三篇一大白眼，就被挤得不见了人影。反倒好，一时清静起来，她可以细细瞧瞧那些红红绿绿的年货了。

有青青绿绿的蔬菜，它们的叶子上，好像还沾着霜雾带来的露珠呢。有大红的鞭炮，一堆一堆的，大家都挤着买，都知道，它们只要场院里一响，新的一年就开始了。有被烤得焦黄的年糕，荞面的、苞谷面的，还有燕麦面的，葵香想了想，称了两斤。

还有卖发卡、耳坠、手链子和亮片花饰的，不挤，这些精致翩跹的小精灵，每次都是要过年的时候才来，大多抵不过肉摊和菜摊，却给葵香腾出空来，能够在它们面前徘徊。她总是要一个一个看过来，又一个一个看过去，像是在回忆和记住，要把它们一个一个都烙在心上。又像是在品尝，品尝一种山里河里很久没有尝到的味道。

今年就更不同，这摊子上多了一排口红。葵香看见它们的时候，心里"咯噔"响了一下，脸就羞得又热又红。又用手一个一个摸摸，脸就更加胀热起来。忙转身往人群里钻，忘记了那个她盯了很久的泛着紫色光亮的发卡。

前面就是布料摊了，往年葵香都要在这儿翻找半天，挑一种她最喜欢的花色，扯一块，也不裁也不剪，往柜子里一放，攒起来。柜子里早已积攒了花花绿绿厚厚的一叠，葵香喜欢望着它们，发好一阵呆。

今年不知道为什么，葵香突然间不敢买了，突然间不知道，哪一种花色，才能掩藏她蹦蹦跳跳的心。

二

过完年，任三篇悻悻走了。葵香的脸上，渐渐露出笑来。

其实，葵香依然是爱笑的。只不过，笑得不是那么多，或者说，越来越少了。

读高一那年，象鼻岭乡中学来了三个支教的老师。两男一女，有个男老师姓刘，长得跟电影明星样的，刚好教葵香他们语文。

刘老师讲普通话，嗓音厚实而又低沉，像是脖子上挂了一个大音箱，上课的时候“嗡嗡嗡”地响，震颤着葵香刚刚长成形状的心。

除了上课，刘老师还在每天放学后，教他们读诗。“人间四月芳菲尽，山寺桃花始盛开……”流水无情，落花有意，四季轮转，青春易逝，人间所有的美好，都要珍惜。“桃之夭夭，灼灼其华。之子于归，宜其室家……”瞧，桃花开得多热烈啊，这个姑娘嫁入这个好人家呀，肯定会使这一家室富足繁盛的。“云想衣裳花想容，春风拂槛露华浓……”见到绚烂的云彩呀，就想她衣裳的美艳华丽。见到花的美丽呀，就想到她容颜的娇艳夺目。

有一天，刘老师突然在班上点起名来，要大家一个一个站起来，说说自己将来有什么打算。也就是说，大家将来有什么梦想？

那么，张葵香，你的梦想是什么呢？刘老师突然点了葵香的名。

葵香站起来，脸红得像芳菲的桃花，就是一个字都说不出来。任三篇反应快，说：“刘老师，张葵香将来的打算，就是嫁个好男人嘛。”

“哈哈哈哈……”在葵香的记忆里，那天同学们的笑声，像是要把她身上的肉一刀一刀割下来呢。刘老师也跟着笑，刘老师边笑边若有所思的样子，像是已经看穿了她一生的欢喜和悲忧呢。

但是，因为有刘老师，葵香那时照样跟着同学们，一阵一阵笑起来。

葵香的笑，在随后一年多的光阴里，自己总觉得是没心没肺的。用任三篇的鬼话来说，是笑得肚肠子都露出来了。

后来刘老师单独遇到了葵香，问：“葵香，你们家是不是把你许给任三篇了，初中毕业就不让你读书了？”葵香没有想到刘老师会问自己这个羞死人的问题，就把头扭到墙根脚，使力压着，不说一句话。好像过了很久，才说：“要供我弟弟读书呢。”

刘老师听了，只轻轻笑笑，在葵香的记忆中，那笑就像一阵轻轻刮过的风，没有让葵香感到一点难为情。

大约一年后，刘老师他们要走了，又单独遇到了一回。那是夏天的午后，学校树林旁的一个水塘边，没有风，也就没有一丝涟漪，安静得只听见知了阵阵扇动翅膀的轰鸣。刘老师见了葵香，笑眯眯站住，葵香也就笑眯眯站住。像是被一片一片知了的叫声打断了思绪，刘老师什么都没有说，只递给葵香一张小纸条，告诉她，上面有他的地址和电话，今后如果遇到什么事，要么去找他，要么给他写信打电话。

葵香把那张纸条折了又折、叠了又叠，压得跟记忆中那个水塘的水面一样平，悄悄藏在堂屋的那个相框背后。

小年一过，漫山遍野的花就开了。村里歪歪扭扭地驶来了一辆卡车。沿着一截一截的山路，在老鹰垭口的地界上，丢下了六根电线杆。大家找张小马打听，马上知道，那是修建高铁隧道的工程队沿路架电线呢。就炸起来，问："那隧道修在哪儿？难道要在老鹰垭口干？"

张小马撇撇嘴，说："你们是乌龟壳上薅羊毛——想得美。早就说了嘛，这高铁不爬坡，只在山脚下的矿石镇修，老鹰垭口，也就只占着这六根电线杆杆的便宜了。"

大家就没有了声气，蔫下来，像一蓬一蓬晒得半死不活的草。

不过，张小马他们村委会，还是使力争取了一下。六根电杆占着五家村民的地，张小马找到工程队的领导，提出了条件："第一，五家村民一家赔一万，六根电杆，就是六万。"工程队皱起了眉头，说："五家村民，怎么弄出六万来了？再说了，一根电线杆子能占多少地？"张小马说："六根电杆呀。肯定是六万呀。另一根虽然谁家的地也没有占着，但也从老鹰垭口的山上走。那一万，我们也不乱用，算作村委会的机动经费。第二，既然是六根电线杆，那么，就必须让六个老鹰垭口的人去你们工地上打工。每个月的工资嘛，三千起底。"

工程队的领导长得高高大大，山东人，结实得像一辆拉石头的大卡车。口音怪怪的，虽然听着是普通话，但要听懂，还是得费很大的劲。只见他撇撇嘴，说："修高铁，是国家工程，你们怎么能这样呢？"张小马一听，脖子都气硬了，梗起来，说："那，脱贫攻坚、乡村振兴也是国家号召的，你们就不管？"

山东领导一听，笑起来，没有同张小马再扯，转身进屋，拿了两瓶好酒，说："走，带路，找地方喝两杯。"

张小马鬼精，忙吩咐村里宰了一只羊送来，就在工地上支口大锅煮起来，把酒喝开来。

最后的结果，每家补偿五千，两万五，第六根电杆，虽然从老鹰垭口的山上走，不涉及村民的地，就不算账了。要不然，有雁过拔毛之嫌，人家工程队要是告到乡上县上，张小马就吃不了兜着走。但是，六个打工的名额，一个都不能少。要是少一个，大家都不好看。

张小马后来说起来，还生气呢，说：“谁叫你们的铁路隧道，不从老鹰垭口走？”

大家就笑起来，说：“隧道隧道，当然是从山脚开了。”张小马一声长叹，说：“看来这一次，老鹰垭口又是一样都占不着了。”

六打工的名额中，不可能有葵香。

怎么可能呢，一方面，电线杆再高再大，也没有占着她家的地。另一方面，人家要的是男的，在工地上打碎石料、拉石头，女人一概拒绝。还有人说：“女人一般是不准进隧道的，连隧道边边都不准挨着，不然，哼哼，呵呵……你们都知道的。”

葵香听着这些话，总是低着头，编扭着手，在旁边远远站着，像是自己犯了什么错。有时候，还惊恐地朝大家看一眼。有时候，又一个人跑到山背后，随手抓一把草，相对着，微微笑，笑着笑着，眼泪就会淌出来。

有什么办法？这就是她的命。可就算是一根草，再无人问津，也会拼命绿起来的。对不对？

夏天热，老天就让山里生出满山满坡的樱桃来。

每年的这个季节，是老鹰垭口的人最忙的时候。怎么说呢，家家户户的樱桃园子里，沉沉的枝上都是一串一串红红的果，吃不完，都拿到小街子上卖。多一少二的，贴补点家用。葵香上初中时候的学费是樱桃换来的，葵香的新裙子、新围巾、新头饰是樱桃换来的，葵香藏着的胭脂、雪花膏和去城里买的花花绿绿的书、照的相片，都是樱桃换来的。所以，真是的，一看见它们甘汁红染的样子，葵香的心就往外奔了。

今年的樱桃比往年都好，凑热闹似的，一个个水灵灵的样子，像是丰盈得要往外冒出蜜和甜来。

葵香忍不住，一大早就要去采。刚出门，却瞧见山顶上爬出来一辆车。开到她家门前时，停了下来。司机伸出头来，问："喂，瞧你的样子，是要去采樱桃？"

葵香点点头，也问："瞧你们的样子，是要收樱桃？"司机说："不收，买点给大家伙儿尝尝新鲜。"

后来搞清楚了，人家是山下高铁隧道工程队的，早就听说樱桃了，没见过，上山来买给大家吃。另外，司机又指了指旁边一个戴眼镜的男人，说："他也想买，多给他摘点，想寄回家呢。"

樱桃那么娇嫩，怎么可能让你寄回家？葵香这样想着，抬起头，就瞧见了刘老师。

三

其实，葵香瞧见的那个人，根本不是刘老师。人家姓徐，叫徐来，是工程队的管理干部。

可能是因为戴着个眼镜，最重要的，可能是因为他们讲的普通话跟刘老师讲的一模一样，又好听又神气，像脖子上挂着个大音箱，"嗡嗡嗡"地响。葵香就听得岔了，一下子恍惚起来。

就连去园子里摘樱桃都是恍惚的，半天，也找不到哪棵树、哪根枝、哪串果。只会想，自己就是死，也不会嫁给任三篇的。

接下来的日子，葵香养成了一个习惯，摘下来的樱桃，再也不去小街子卖了，而是多背上七八里，去高铁工地对面的那条灰街子上卖。

灰街是自然摆出来的。

很快，大家都知道了一个消息，说是这个高铁隧道要三四年才打得通、修得好。后来熟了，徐来告诉葵香，说是山大，在这里要打两条隧道，每条十几公里长呢。

三四年的工程，就是三四年的生意。修隧道，再怎么说也是个力气活，你工程队伙食再好，也有吃厌吃腻的时候。换个口味，那是人之常情。所以嘛，一条卖吃食的街就悄悄摆开了。没有别的，就是点特色，烤洋芋、烧苞谷、烤豆腐、烧辣子，吃得想换口味的工人们龇牙咧嘴，虽然大卡车一过，灰扑扑的，但这条灰扑扑的街，从此成了工人们时不时会惦记的另一种生活。

葵香不卖洋芋苞谷。春天，她会去山沟沟里，摘几把野香椿，再加几把野胡葱。夏天，她会背来一箩筐一箩筐的樱桃，汗津津的。到了秋天和冬天，就卖核桃和葵花了。

还有草莓呢。

草莓在提篮里泛着香喷喷嫩柔的光，因为山高，葵香带到灰街的草莓就是要比矿石镇的甜润和鲜亮，看见它们，就仿佛看见了所有美好的物事。葵香根本舍不得多吃一个。

这天，葵香刚刚在街尾放下背箩，正把草莓一提篮一提篮地摆开，就听见街头一阵慌叫，仔细一瞧，刮风似的，大家都在跑呢。忙伸手护着提篮，又往背箩里收。

刚刚收好，感觉那阵四散奔逃的风已经刮过来，葵香背起草莓就跑，她甚至听见了草莓在自己的背脊上发出的娇弱的喘息声。

太重，跑一截就跑不动了，葵香忙躲到工地的一排活动板房后面。想伸头看看，又不敢，只觉得奔逃和追逼的脚步声越来越近了，她的心一阵狂跳，之后，就是一阵绝望。

后来，徐来就拉开了门，笑呵呵地，说："进来进来，进来躲躲。"葵香一看，才知道自己慌头慌脑，躲到人家门前来了。

正犹豫，就瞧见几个穿制服的人了，他们刚好追停了一辆热气腾腾蒸着包子、煮着苞谷的三轮车，其中一个人，像是腾出空来，朝葵香这边望，犹犹豫豫，狐狐疑疑。

葵香吓着，忙跟着进了屋。徐来“砰”一声关了门，笑起来，说：“别怕，好像是城管的，这几天都来查。”

葵香在他的语气中渐渐安稳下来。觉得身后的门突然变成了一条长长的隧道，那些人再有本事，也不敢追进来。

那应该是一间宿舍吧，火车车厢似的，两张床，一张床上被子叠得整整齐齐，一张床上散乱地摆放着两个旅行箱和旅行箱里翻出来的东西。有个小窗子，稀稀疏疏透着外面枝叶间漏进来的光。窗子的下面，是一台电脑和一书桌的书。

徐来说：“坐。”葵香摇摇头。徐来说：“我给你倒杯水吧。”葵香摇摇头。徐来想了想，又说：“那，你把你背上的背箩放下来，休息一下。放心，这是我宿舍，他们不会追进来的。”葵香还是摇摇头。

徐来笑起来，说：“那，你总得让我看看你卖的是什么吧？有草莓吗？要是有，我想买一点。”

葵香这才点点头，忙从身后把草莓顺到身前，一提篮一提篮地摆在徐来的面前。

像是带来了一提篮一提篮的惊喜，徐来小声欢叫着，说：“我的天，那么大一个背箩，没有想到，没有想到，装着的，全是山上长出来的小仙女吧。”

因为这句话，葵香心里悄悄露出了笑，目光变得像只松鼠，骨碌碌四处跑，一下就蹦到了徐来的书桌上。

这些窸窸窣窣的神情，被徐来轻轻就抓住了。他追着葵香，问：“你喜欢书？”葵香立刻收了回来，再不敢乱动。

徐来一下兴奋起来，眼镜片晃了晃，甚至还闪出了一种诡异的光。他说：“你喜欢就去看看吧，看看有没有你喜欢的。”

终于，葵香点了点头。

书桌是凌乱的，但在葵香的眼里，又是洁净的，一尘不染。她一个字一个字摸着那些书的名字，《工程力学》《工程质量管理》《岩溶隧道施工安全防治关键技术》……她甚至感觉到自己的手指头从那些书与书的缝隙间细细抚过，就像从草莓和温暖阳光的缝隙间贴身穿过。

但是，她一本都看不懂。脸就一点一点红起来，羞得无地自容。

徐来不以为意，说：“看不懂了吧？这些书要是你都能看得懂，才怪。”可葵香的眼睛，还是不愿意离开那些书。像是看见了那些书，就看见了一条透着光亮的隧道似的。

徐来突然觉得自己说的话不对，好像有什么地方失言了，弄不好，让面前这个女孩误会了。忙抓过一本书递给葵香，说：“我是说，你看这个，我喜欢读诗，一个人没事的时候就翻翻。”

葵香就看见了一本翻得发黄的书，厚厚的，书名叫《诗歌总集》，下面写着一行小字——巴勃罗·聂鲁达著。翻开来，她读到一句：我来到这里，是为了歌唱历史。从野牛的宁静，直到大地尽头被冲击的沙滩……手就颤了颤，紧紧抓住了一本关于隧道施工技术的小册子。

徐来觉得奇怪，问：“你喜欢技术？”

葵香说：“我想看看隧道是什么样子。”说完就伸伸舌头，好像做了什么大逆不道的事。

徐来很大度，说：“你想看就拿去看吧。”

葵香点点头，说了句：“我很快就还你。”抓紧书转身就。徐来追着喊：“你的草莓。”葵香已经跑得不见了影子，远远说：“送给你们吃。”

确实看不懂。每一个词都是新鲜的，同时又是深奥的，比如，新奥法；比如，衬砌；比如，围岩；比如，混凝土喷射……这些根本不会在葵香的生活和生命中出现的词，在随后的好几个夜晚一点一点包围着她，却根本形不成一条隧道的模样，在她的印象中只留下了一片嘈杂不尽的“叮叮当当”的声音。

她很惶恐，去还书的时候，仿佛自己背上的那一箩筐樱桃，都在垂头丧气呢。徐来很理解，接过书的时候，解释说：“在我们这儿，一般能上工地的技术员，都是要读很多年的大学的。”想了想，又问：“姑娘，你念过几年书？”

葵香就远远想起了刘老师。放下樱桃，就要走。这一回，徐来拦住了她，说：“不行不行，不管怎样，我们得给钱的，不能白吃呀。”

葵香使劲摇头，眼泪都差点摇出来。

徐来见葵香倔，只好又松了口，说：“那这样，等哪天，我带你去隧道看看。”

四

哪天是哪一天？像是得到了一份礼物，葵香的心里，从此多了一种隐隐不安的盼望。

任三篇像个鬼，突然从省外回来了。洗了把脸，不知道往头上抹了些水还是抹了些蜡，湿漉漉油淋淋的，就朝葵香家来。

葵香娘见了，忙往屋里让。说：“葵香在家呢，葵香在家呢。”

葵香听见，无处可躲。想了想，还是从自己的屋里硬巴巴迎了出来，又不情愿，就没话说，低头编扭起手指头来。

任三篇高兴得很，说：“葵香，知道我为什么又回来了？”

葵香不摇头也不点头，装聋作哑。

任三篇说：“你不跟我去打工，我在外边在不住了啊。知道吗？”葵香说：“我跟你又没有关系。”任三篇说：“当然有关系。我喜欢你嘛。”葵香说：“我又不喜欢你。”任三篇说：“十二万六的彩礼都收了，不喜欢也得喜欢了。”葵香说：“那是我娘收的，谁收的你去找谁。”任三篇说：“葵香，你这就不讲理了，你娘收彩礼，还不是为了让你嫁给我。”

葵香“噌”一下，站起来就往外跑，说：“我娘是为了我弟，根本不是为了我。”

任三篇追着喊：“葵香，不管是为了你弟还是你，都是你们家收的，你都得跟我走。”

葵香听见，眼泪气得淌，又不敢回头，只好冲天甩过来一句，说：“钱我会挣了还你的。”

娘也在后边追，喊：“葵香啊，造孽啊，你这是要你娘、你弟弟的命啊。”

葵香跑上山沟对面的山梁，朝着小街子跑。那是矿石镇接老鹰垭口的第一个村子，几里路，有个街子，逢农历三六九就赶。那是葵香往年卖樱桃草莓换零钱的地方，再往下，就是矿石镇的小河村了，高铁工地就在那儿。

所以，葵香应该是朝着工地跑呢。

跑着跑着，葵香在一片无人的林子里一屁股坐下来，靠着一棵松树，放声大哭，伤心得象是要把眼前茂密翠热的绿，都用眼泪水淹一遍呢。哭着哭着，突然又止住，堪堪想起事来。

弟弟还在娘肚子里的时候，爹就得肝病死了。那时候日子最难，葵香才六七岁，就得同娘一起去地里干活。还没有锄头高，举不动，娘就请人把锄头把锯短了，让葵香跟在屁股后面敲土坌。手磨出了泡，娘也不心疼，说：“多磨磨就好了。”弟弟在地埂边哭，娘耳朵尖，还远远哄呢，说：“我个乖宝啊，不哭不哭，娘给你挖个大洋芋回去吃。”

多亏乡政府来了政策，不准一个娃娃辍学，葵香才得读到初中毕业。还不满十六岁，娘就跟任三篇他娘嘀嘀咕咕起来。应该是个冬天的晚上，火盆烧得红彤彤的，任三篇他娘就领着任三篇来了。任三篇看上去文绉绉的，但葵香知道这个从小就对她动手动脚的男同学，一定不是个好人。

像是热，任三篇他娘伸脚踢了踢火盆，火星子满屋飘起来的时候，她搂过葵香的头，问任三篇，说：“老三哎，喜不喜欢？”看得出，任三篇的惊喜蹿得比火星子还高，说：“娘，我喜欢，打小就喜欢。”任三篇他娘越搂越紧，就快要让葵香喘不过气来，说：“喜欢好啊，喜欢就给你做媳妇。”

葵香拼命挣开来，说：“我不喜欢。”

两个娘就笑起来。那时候，她们的脸就像两个大火盆，逼人地烫。

等葵香知道了十二万六这笔钱，就拿了六千，悄悄跑了，直接去了省城，一个人都不告诉。

她去找刘老师，她记得，刘老师跟她说过，要是遇到什么事，给他打电话给他写信。

她不想打电话也不想写信，她只想找到刘老师，痛痛快快哭一场。她觉得，她现在太有理由在刘老师面前哭了，她觉得，她再也不想忍了。

按照刘老师给的地址找过去，是一条开满蔷薇花的小巷。小巷的正中，花开得最艳，刘老师家的院子就在那儿。门刚好开着，里面静悄悄的。葵香一迈脚，就被一个老头伸头拦住，问：“你找谁？”

葵香就吓住，说：“我找刘老师。”

老头没好气，说：“没有什么刘老师，哪有什么刘老师，早两年就搬走了。快走快走。”

葵香愣愣不走，说：“可是……”

那个老头一脸的狐疑和鄙夷，看上去厉害得很，跟任三篇一样狡猾，对着葵香就吼起来：“可是什么呀可是，你这样的人我见得多了，走走走。”

葵香感觉自己是被赶出来的。又折头看了一眼那个院子，除了阳光和花香，还有满院子婆婆娑娑的清凉。

没有办法，葵香不知道该去哪里，只能在那个小巷口站着，像是等。

抬眼望去，省城的每一个瞬间都震惊着这个十七八岁的小姑娘。拥挤在大街上的车让她震惊，在她眼前突兀竖立的高楼让她震惊，还有还有，就是在大街上走着的每一个人了。

那些人，那些光鲜亮丽的人，那些脚步匆匆又奇奇怪怪的人，在葵香的眼里，个个都带着一种神奇无边的光，她从来没有见过。

就看得呆了，忘记了吃饭，甚至连天黑都忘记了呢，甚至觉得，就那样睡在眼前这条闪闪亮亮的大马路上，也可以睡得香呢。

葵香突然就哭了，没有任何征兆和来由。

后来葵香想起给刘老师打了个电话。一拨通，刘老师的普通话就在葵香耳朵里钻，像是在电话里挂了个大音箱，“嗡嗡嗡”地响。刘老师还是记得葵香的，甚至还能准确地说出任三篇的名字，可是，刘老师说，他已经调离这个省的学校回老家教书了。

刘老师说，他的老家在北方，大平原，很远很远，没有一座一座蜿蜿绕绕的山了。

那片林子，是在夕阳的光影里一棵一棵黑下来的。起风了，那风像是在树梢上奔跑，葵香渐渐止住眼泪，跟着风，把眼睛望出去很远很远。

万家灯火，大团大团正炽焰般在山脚下跳着闪着摇晃着。那是矿石镇的灯光，它们让山上所有的村子黯然失色，却让葵香的心里，一点一点亮起来。

回到家，娘便不饶她。说：“葵香你怕是要死呀，放着好日子不过，你到底要干啥子嘛？”说：“葵香你今天要是不说清楚，我就死给你看。”

葵香的心硬得很，说：“死我也不嫁给任三篇。”娘恍了恍，像是心都被她说得碎了，捂着胸口说：“葵香，你这话，伤我的心呢。”

葵香说：“要想不伤心，就别让任三篇来。”

任三篇第二天还是又来了。刚刚吃过早饭，天气就热起来，太阳刚好照在葵香的脚尖尖上，似乎要把脚后几片树叶的影子给融化了。娘一见任三篇进来，戴了顶草帽，找了个借口，跟着一只野猫悄悄溜出门去。

任三篇一看，胆子大起来，伸手就朝葵香的身上摸。葵香一巴掌打开，“哗啦啦”站了起来。任三篇不甘心，又朝葵香的屁股摸。葵香躲了躲，觉得任三篇此时像一头发疯的牛，比力气，根本躲不了。

只好任由他抱着，瞅准空子，一巴掌打在他挺拔的鼻梁上。

五

葵香跑出来了，周身火烧火燎般疼。

她觉得她要死了，她拼命跑，她觉得要是被任三篇追上，她就死了。

爬上一个陡坡，路就变得歪歪斜斜的。葵香心急，一脚踩空，摔进了一旁深暗黢黑的山沟里，好一阵，才听见“砰”一声响，感觉背脊重重落在一片湿湿的草上，很奇怪，疼痛却突然间不见了，像是又挣过了命。便就看到了一片碎碎的野花，黄的、白的、粉的、紫蓝的……葵香突然想起来了，她肯定是摔在那条小溪边。顿时，水流潺潺。

她想爬起来啊，可就是起不来，那一刻，她不知道自己是真的爬不起来了还是根本不想动，反正，突然间就冒出了一个很执拗的念头，她想，她真的就想那样顺水漂去了。

就哭了，一歪头，眼泪顺着小溪淌。

等能慢慢坐起来的时候，阳光也急慌慌追进来，葵香甚至还听见了任三篇翻翻爬爬喊她的声音。轻轻一转头，蝴蝶在她面前一片一片飞舞起来。

多美啊。葵香目瞪口呆，大片大片的蝴蝶扇动着它们翩跹的翅膀，朝着高处晶晶亮亮地飞。它们落到哪儿，哪儿也就是黄的、白的、粉的、紫蓝的了。

葵香站了起来，她想捉一只带在身上。可是，只一念，望着眼前一群一群翻舞不息的身影，她又伤心开来。真的真的，她是真的不知道能把一只蝴蝶带去哪儿，带给谁？

就朝前走，顺着那条小溪，一直走。

晃过神来的时候，天已经黑透了，葵香突然发现自己已经站在了徐来的门前。车厢一样的房子，车厢一样的灯光。怎么可能？她很紧张，她怎么还有力气走那么远的路？她怎么就站了在他的门前？

徐来听见动静，拉开了门，见是她，很惊讶："天哪，这么晚了，你这是去哪儿？"

趁着从他身后挤过来的灯光，葵香一下看见了自己满身泥污的样子，脸一红，就要跑。徐来忙追着说："快进来快进来，怎么搞的？"

葵香只好转过头，冲徐来笑笑，她知道，此时，只有她的牙齿是洁净漂亮的。

徐来也笑笑，说："葵香你怕是没有吃晚饭吧，快进来呀，我这儿有方便面，你看你看，一大箱呢。”

葵香摇摇头，还是要走。徐来只好追着她的背影喊，说：“张葵香，你要是不听劝我就不理你了，大晚上的，一个小姑娘摸黑走山路太危险，一会儿我送你回去。”

葵香只好依了他的话，进了门，就紧紧缩起身子，像是紧紧捂住她所有就要泥巴一样掉在地板上的羞耻与悲伤。

徐来给她泡着方便面，动静很大，热情又大方，等那碗面香气扑鼻的时候，又问她：“你从哪里来？干什么去？”

葵香心一慌，说：“蝴蝶，小溪边满满都是蝴蝶，好看得很，我想，我想……”

徐来笑起来，爽朗得像是打铁的声音，朝葵香递过面来，说：“葵香你是说，你想带我去看蝴蝶？”

没有办法，葵香只好一个劲点头呢。

吃完面，徐来又开车送她回。很奇怪，葵香记得，不管车灯在那条弯弯拐拐的山路上怎样忽明忽暗，徐来的脸都是亮晃晃的，鼻子像一座塔，眼睛像一盏灯，一直照进她的心里。

真是认不得害羞呢。有时候，葵香常常会这样骂自己。

后来车猛一阵轰鸣，他们就爬上了山顶，往下一看，高铁工地的灯火绵延不绝，像一趟一趟轰轰驶来的火车。葵香就看呆了，眼睛贴着车窗，一点也舍不得离开。

徐来扭头笑了笑，说：“等哪天，我带你去隧道看看。”徐来的牙齿在黑漆漆的山路间露出白白的样子来，好看得很。

真是认不得害羞呢。有时候，葵香想着想着，就呆了。

任三篇还是耐不住烦，要走了，说是大地方有挣不完的钱，多耽误一天，就少挣一天的钱，心疼。来跟葵香告别的时候，显得很沮丧，说：

“葵香你为啥子不跟我走呢？”

葵香头扭朝一边，不说话。娘跟着任三篇起哄，说：“就是呀，那么好的地方，那么多的钱都使不动你，你到底想要啥子嘛？”

葵香什么都不想要，被逼得没有话，就说：“我死也不会跟你走的。”

任三篇很绝望，又不得不走，只好丢下一句话，说：“那我死也要讨你做媳妇，你等着。”

任三篇的影子在山梁上一点一点消失的时候，阳光就一点一点在葵香面前舒展开来，还有满眼的花，还有草和密密的树叶，还有风和风中飞舞的鸟，它们全都在蓝色天空的映衬下，露出摇曳多姿的样子，那样美，那样柔情绵绵，葵香的心里痒痒的。

又到了街天，葵香到地里拔了一箩筐青菜，一棵一棵在小溪里冲刷干净，湿漉漉嫩生生背着，去找徐来。她想，他们老远八远来，怕是吃不上这么好吃的菜呢。

徐来不在。一个跟徐来一样戴着眼镜的女人盯着葵香，问：“你找徐来干嘛？”葵香慌了慌，指指自己的背箩，说：“我来，我来……”那女人看见青菜，脸上缓了缓，说：“徐来生病了，县城里住院做手术呢。”

葵香忙把背箩放下，说：“那送给你们吃吧。”说完就要跑。那女人死死叫住了她，说：“不行不行不行，我们得给你钱的，不行不行不行。”

葵香先是不要，后来急了，就说：“那你给我二十块吧，十五块也行。”

十五块，刚好够去县城的车票。剩下五块，饿的时候买点吃的。葵香拿了钱，转身去灰街上找到郑德贵她娘，让她回村去给娘带个话，自己要去趟县城，别挂着。

就挤上了去县城的班车，顺着山路，摇啊摇，下了一个坡，又下一个坡。

最要命的还是弟弟。娘说："葵香，你兄弟的事，是这个家里最大的事。"这个比自己小六七岁的弟弟，还在读书呢，可是，娘已经开始为他讨媳妇的事准备了。收了任三篇家十二万六的那个晚上，娘心情好，想跟葵香说说话，就找到葵香屋里来，说："葵香你是不知道，在我们老鹰垭口，要讨个媳妇有多难呀。"葵香脸一扭，犟起嘴来，说："那娘你怎么嫁给我爹了？"

娘一愣，随即捶胸顿足伤心欲绝，说："我那是，我那是瞎了眼了。"葵香不饶，又一句顶上去，说："那你还让我嫁给任三篇？"娘又一愣，说："那不是为了你兄弟嘛，你兄弟要讨媳妇，要续香火，再过几年，恐怕连十二万六都不够呢。"

葵香就哭，扭过身子，再不说一句话。

从那时起，葵香心里悄悄多了一个愿望，她总是想，她一定能找到自己喜欢的一个男人，她一定能把任三篇家的彩礼钱还上的。

娘从此没了好脸，说："那你就去找，你要是找不着，就要嫁给任三篇，人家那么喜欢你，人家对我们那么好，你要是不嫁，我就死在你面前。"

也怪了，按理说，任三篇是个好人，人长得眼睛是眼睛、鼻子是鼻子的，挑不出什么毛病，可葵香就是打心眼里不喜欢。不喜欢就是不喜欢，你就是把金山银山搬来，也压不垮葵香那颗痴痴愣愣的心。

可是，又有什么办法呢？葵香的眼泪，还是随着县城突然出现的密密麻麻的高楼，"轰"一声悄悄流了下来。

六

葵香找到徐来的时候，已是傍晚。

她不懂，平生头一次进医院，只能一家一家找，一层楼一层楼问。日头不等人，眼看着就要沉下去，葵香急得眼睛红红的，又要哭，才在县医院十六楼，看见了徐来。

三张床，只有徐来一个人，病房电视机的声音很大，立刻显出了里面的空和徐来的孤单。葵香是立刻就要哭的，却拼命忍住，还稀稀疏疏挤出笑来，难看死了。

徐来见了她，居然露出了惊喜，大声唤，说："你怎么来了？你来干什么？"葵香呆了好一阵，像是在想徐来问出来的话，很久，才说："你怎么，怎么病了？"

徐来就知道她是专门跑来探他的，心里那个感动，就责备开来，说："葵香你这是干什么？你没有必要，大老远的，万一走丢了怎么办？万一遇上坏人怎么办？"

葵香被他说得不敢抬头，半天，才说："我去过，去过省城呢。"

徐来被逗得哈哈笑，又不敢用力，只得捂着肚子，轻轻哼两声，冷笑样的，难看死了。

葵香就知道徐来的病在肚子上，拿眼睛望着，不吱声。

徐来见了，"哦"一声想起来，说："我没事我没事，胆囊炎，老毛病了，这次下决心，把它割了。"

葵香听见徐来说"割"，就更呆，怔怔郁郁，凝噎不言，眼泪开始"啪嗒啪嗒"掉。

徐来见了，说："嗨……葵香你哭什么，我这是个小手术，腹腔镜知道吗？现在科学技术先进着呢，割完了，贴个创可贴养几天就好。"葵香就问："几天？"徐来想了想，说："四五天？六七天？反正没几天。"

葵香说："那，那我来，来服侍你。"她说出这句话来的时候，突然看见，窗外的鸟飞起又落下，云彩像是被夕阳点着了，烧得满天火红。

徐来不让，葵香偏不。葵香执拗起来，就不说话，任你怎么撵，都低着头，像是受了多大委屈似的。偶尔偷瞄你一眼，那眼神，让人可怜到心里去。

没有办法，徐来只好缓缓站起来，拉开病床旁边的柜子门，拿出一盒方便面，说："还没吃饭吧，我给你泡碗面，吃完了你就回去。"

葵香使劲摇头，渐渐惶恐起来。见了葵香的样子，徐来只好长叹一声，说："你个小姑娘，不方便的。"

那天晚上，葵香倚着医院走廊的长椅子，不知不觉睡着了。

半夜，被徐来晃醒，吼她，说："你怎么不走？你不走你也跟我说一声呀，你要睡也病床上睡去呀，不然感冒生病了，医生到底管谁去？"葵香忙一头站起来，转身就跑。徐来一声没喊住，她已经下了楼，跑出了医院。

风一吹，彻底醒了过来，兴许是睡了一觉的缘故，葵香觉得自己精神起来，上上下下有使不完的劲。一抬头，城市的灯火此时都在冲她一个人眨眼睛，都在围着她跳舞呢。

她靠着一棵巨大的柱子，悄悄坐在一幢高楼宽大的台阶上。

眼前的大街真宽真长啊，像一条亮着星星的河，一眼望不到头。跟这里相比，灰街就像一个蓬头垢面的孩子，她觉得这里的每一寸路和每一条缝，都像是被人用刷子细细刷过，洁净得像一个女人刚刚挤出来的奶水。时常，她会被眼前的情景紧紧扼住脖子，兴奋得像是要随它而去，随它去死。

天亮的时候，葵香又去。徐来睡得死死的，葵香不敢弄出动静，又找不着事干，只好悄悄守在一旁，一直等到医生进来。

医生是个女的，见了葵香，拿眼睛瞪着，问："你干什么？怎么跑到病房里来了？"葵香不知道怎样说话，忙低了头，拿着自己的边边角角看。

徐来睁开眼睛，看了一眼女医生，又看了一眼葵香，就知道了，笑起来，说："陈医生，她是来照顾我的。"陈医生一听，不再盯着葵香，转身对身后的另一个女医生嘟囔起来，说什么陪护呀规定呀之类的话。

徐来瞅着空，忙对葵香说："你去帮我买几个包子吧，就在楼下。"葵香得了交代，转身鸟一般飞了出去。

楼下有个小院，买包子的人都在那儿排队，葵香也去跟着。见一个买出来的人狠狠朝包子咬了一口，葵香就知道了那包子的香。可是，只剩五块钱了，葵香想了想，就觉得自己不该吃。

够买两个，包子隔着薄薄的塑料袋，烫得咬手，她也能感觉到自己的欢喜也在一口一口咬着她的心呢。

那个陈医生已经走了，徐来刚刚洗了脸，打开手机一指头一指头拨弄着。葵香把包子递过去，说："吃吧，还热乎呢。"徐来抬眼看看她，哈哈笑，说："你吃你吃。"

葵香不高兴，扭过身，说："你吃。"徐来说："我吃什么吃，刚刚做完手术，医生说不能吃东西。"葵香说："你骗人。"徐来露出很惊讶的样子，说："我骗什么人？你要害死我呀。"

后来开始输液，那两个包子，就放在床头的柜子上，隔着那根亮晶晶的流淌着药水的输液管和徐来仰靠的额头，葵香就看见了。

徐来终于不忍，转头对葵香说："小姑娘，你要是再不吃，我就不让你来病房了。"葵香不敢反驳，只好站起来，朝包子走过去。

一口咬下去，葵香就仿佛尝透这人世间最美的滋味了。是舍不得呀，小口小口咬，是惊奇，肉的香和面的甜是那样神奇地纠缠在一起，在嘴里一直绕，一直绕。

葵香突然害羞起来，看了一眼徐来，傻乎乎笑。咬一口，又看看，咬一口，又看看。徐来好像睡着了，她还在笑呢。

病房原来是住满人的，只不过，另外两个病友肯定是家在县城里，他们白天来，等做完治疗，下午就回去了。葵香猜，看来徐来说的是实话，他们的病就是做个小手术。就像徐来说的，住个四五天，就可以出院了。

四五天，那就是四五个空寂无人的下午。葵香总是在这个时候忙起来，她怕一没有事做，徐来就会催她回家。她洗衣裳，把徐来堆在床角的几件统统收拢，打盆水泡着，一件一件搓。很奇怪，徐来并没有反对，只是轻轻摇摇手，就放了下来。

葵香猜，怕是工地上缺水吧。

那几件衣裳已经穿得灰扑扑的了，就连盆里的水，都被泡得灰扑扑的。有一件，是工装，水一泡变得很硬，搓起来费手。搓着搓着，就搓到了胸口处的一个图案，圆圆的，像个隧道的样子。葵香一愣，接着，就“轰隆轰隆”，像是一头钻了进去。

洗好漂净，又找不到晾晒处。奎香四处看看，病房太小，挂不开，就端了盆，朝楼下去。

楼下有个花园，正对着徐来病房的大窗子。高高的花，低矮的绿丛和弯曲的枝，阳光总是热烘烘亮晶晶围着它们，像是在凑热闹。葵香想了想，就把徐来湿淋淋的衣裳抖开，铺展在那些绿枝密丛间。

有一时，葵香突然看见，就连亮晶晶的阳光也像一群孩子呢，它们亮晶晶从所有的花树间一拥而下，在徐来的衣裳上蹦跳开来。

还真像徐来说的，病不重，是个小手术。徐来每天的治疗，就是输液，吃一堆医生开的药。一两天，就能下床了，一点也不费力。

葵香忙迎上去，想扶他，被徐来轻轻避开，说："我自己能搞，你赶快回家，回家去。"葵香听见徐来这样说，低下头，悄悄避开他的话，之后，就紧紧跟着。

徐来说："我是去上厕所，你跟着我干嘛？"葵香就满脸通红站住，手在身后的墙上死死贴着，扭作一团，像是给自己上了一把锁。

卫生间同盥洗室相挨着，葵香想了想，又忙跑进病房，端了脸盆，拿了徐来的毛巾和牙刷，去等着。

因为输液，中午的饭是要葵香帮忙去打的。还是楼下的那个小院子，还是排着队，远远，葵香就能嗅见饭菜的香。可是，徐来只能吃流质食物，说简单点，就是稀饭，葵香就打稀饭，自己也跟着吃。

第一天，葵香因为只剩五块钱，不知道该怎么办？稍稍一犹豫，就被徐来看出来了，徐来拿了一叠钱给她，说："你要是不拿着，我就不让你来了。"

后来葵香跟着吃稀饭，又被徐来说。徐来说："葵香，我吃我的稀饭，你自己打一份你喜欢吃的，别跟着我。"葵香说："稀饭好吃。"徐来听见葵香的肚子"咕咕"叫了两声，就笑起来，说："葵香，又不是没有钱，你要是不吃肉，我就不让你来了。"

葵香只好打了一份白米饭和小炒肉。当着徐来的面，吃给他看。徐来看见，眉头又皱起来，说："葵香，你怎么只打了一个肉呀，菜呢？蔬菜呢？"

葵香大口大口，吃得香甜，笑眯眯说："在我们家，要是吃肉，就不吃菜。"徐来听了，捂着肚子，哈哈笑起来。

等笑完，徐来好像又想起了什么，问："葵香呀，你这是何苦呢？要跟着我来医院受这罪。"

葵香扒拉着碗里的饭，突然问："高铁也是火车吗？"徐来一愣，想了想，说："对，是速度更快的火车，高速铁路，就是跑高速火车的铁路，所以叫高铁。"

葵香仰着头，眯起眼睛，说："那，有多快？"徐来说："这么说吧，从这儿到北京，等高铁通了，'嗖嗖嗖'一下就到了。"

葵香"啊"了一声，就不说话，好像一身的念头，都被徐来说的火车带出去很远很远。后来，葵香又问："隧道，隧道是钻进山肚子又钻出来吧？跟穿山甲一样？"徐来就说："等哪天吧，哪天我带你去工地看看。"

果真，没有几天，徐来出院了，两个人就回去。

工程队给徐来派了一辆皮卡车，停在医院的停车场。徐来去拉车门的时候，葵香看见，上面印了"中铁、桥隧、公司"好多字，就兴奋起来，想，这是她平生第一次坐这样的车呢。

离开高速公路，拐上山的时候，阳光从密密麻麻的枝叶间冒出芽来，一点一点挂满了树梢，风一吹，就洒，飘向两个人的眼睛，好看极了。越往高处爬，太阳就越近，一团一团的白云像是被放逐的一群一群的羊，就要朝他们涌过来了。徐来兴奋得一阵一阵叫："这是要开到天上去了。"葵香就吭哧吭哧笑，她笑起来的样子俏生生的，像个天使。

只一阵，车就爬到了山顶，葵香偏头一看，山下密密匝匝的房子突然间变成了一个一个的火柴盒，忙又一个一个去看，它们都在阳光下闪着粼粼的光呢，已经认不出哪儿是楼，哪儿是路了。

又拐了一个弯，金沙江就开始在脚下弯弯绕绕，轰轰作响。于是，隔着山崖上白色的桐花，葵香就看见山下的工地了，那是一些蓝色和红色的屋顶，无数的大卡车从一个圆圆的山洞里开进去，又有无数的大卡车开出来，像是要把一座山从江边拉走一样。

那时，葵香只在心里轻轻叫了一声，无数的燕子就在眼前翻飞起来。

七

一回到家，任三篇他娘就找来了。

往院子中间一坐，疯疯痴痴地，盯着葵香看。葵香娘忙端了茶水糕点迎上去，相互看一眼，说不出一句话。

也不喝，也不吃，悠悠地，突然一下就怒起来，猛一头往外走，冲葵香娘甩了一句，说："你家葵香要是不嫁，就把钱还回来，不然，这算啥子事嘛？怕是要出人命的。"

望着走出老远，葵香娘才缓过神来，一头就冲葵香撞过去，说："葵香呀，不是哄你的，这回你要是不嫁，我一定是得去死了。"

葵香这回不敢顶嘴，她瞧着娘满身满心绝望的样子，知道自己要是再不答应，怕是真的要出事了。

就哭。先是眼泪"吧嗒吧嗒"掉，后来就埋了头，"嘤嘤"哭出声来。她哭她死去的爹，她哭她正在读书的弟弟，她哭眼巴巴望着她的娘。后来，就哭起徐来来了，最伤心，哭得像是自己已经死了。

院子里静悄悄的，根本没有人理她，仿佛这个世界上就根本没有一个人，会寻着她的哭声找来。

突然间就站起身，朝娘走过去，说："娘，你叫任三篇回来，我跟他去。"

娘正在剁猪草，惊得"哐当"一声，满脸都是窗棂上漏下来的残驳的光。

没有办法啊，真是一点办法都没有。葵香连个去处都没有，连个说话的人都没有，想来想去，只有去找徐来，好像她的日子里，就只剩下这一小块可以喘口气的地方了。

走到工地宿舍，天已经黑透，到处都是活动板房里透出来的炽白的光，好像到处都是住满徐来的屋子。葵香一阵恍惚，就迟了脚步，转身跑将起来。

跑啊跑啊，突然看见江了，一条大河就那样在葵香的面前流淌着那个夜晚所有的灯光，璀璨，金沙江闪闪的波痕随着湍急的水流一泻而去，像一列同她擦肩而过急速驶去的火车，让葵香看出了神，竟痴傻过去，想，她真想顺着那江水，也那样流，也那样淌。

刘老师说，他的老家在北方，大平原，很远很远。徐来说，他们修的高铁，“嗖嗖嗖”就到北京了。北方和北京，北京和北方，这两个词和这两个地方，真的让葵香想一头扎进面前亮晃晃的水里去。

漂，顺水而去。葵香想，她的命会不会变成另外一种运数。

接到葵香娘的信，任三篇三四天后满带惊喜赶回来了。还满满当当，给葵香带回了一堆东西。当天晚上停电，任三篇就着烛光，在葵香面前一样一样抖落。

他一把按住葵香的肩膀，说：“葵香，这是我给你买的围巾，两条，冬天一条，夏天一条。冬天冷，这条围巾厚，戴着暖和。夏天热，这条围巾薄，轻飘飘的，戴着好看。”话刚说完，两条围巾已经添红带彩，挂在了葵香的脖子上，任三篇瞅瞅，烛光一照，葵香的眼睛亮亮的，动人得很。

就伸手去搂，葵香挣了挣，便不动了，任他的手热乎乎粘贴着肩膀。任三篇感觉到了，心里一阵冲动，又忙去包里翻。

是一块表，石子那么大，草莓那么大。表面是银灰色的，表带也是银灰色的，时针在“嘀嗒嘀嗒”转，任三篇拉起她的手，仔仔细细帮她戴，那一阵，葵香真的感觉自己的日子，也快要“嘀嗒嘀嗒”转到尽头了。

任三篇还翻出了一瓶香水呢。蓝色的瓶身，白色的瓶颈，照着葵香一喷，一股臊腥的味道就围着蜡烛绕，热烘烘的，难闻死了。葵香的脸一下红起来，蜡烛的火也跟着一下一下跳，心里突然间不好受，喘不过气来。

葵香忙伸手挡了挡，说："我不要。"任三篇愣头起来，说："不要也得要。"葵香说："我还小，你等我两年，长大了再说。"任三篇说："还小？郑德贵家媳妇都生第三个娃娃了，天天在他家院子门口喂奶呢。"葵香说："他媳妇比我大。"

任三篇就笑起来，问："大多少？"葵香说："三岁。"任三篇说："好，你说的，我就再等你两年，第三年，我们就生娃娃。"

葵香把脸扭到了墙根脚，说："任三篇我还没有嫁给你呢。"任三篇又一把扭回来，说："葵香，你说啥子呢？"说着，又从包里翻出一把黑黑的车钥匙，说："葵香，你看你看，车，路太远，懒得开回来，告诉你，有的是钱。"

灯一下亮起来，葵香抬头看，任三篇的脸，是一种胖乎乎的白，还没有点蜡烛时候好看呢。她突然想，这一夜，好长啊。

那么，这一辈子，该有多长啊。

就哭啊哭，一直把任三篇哭走了，一直把鸡哭叫了。她是又后悔了呢，天麻麻亮的时候，突然想，能不能不管娘了？能不能不管弟弟了？该谁死谁就去死。

第二天，任三篇又来，说是要带葵香去街子上买衣裳。娘笑得像是脸上裂开了一个口子，一把就从被窝里拉葵香，说："去去去，赶紧去，这么多年，还没有谁给我家葵香买过衣裳呢。"

葵香不想去，死抵着娘的手。娘说："葵香，今后任三篇就是你男人了，你怕什么？"葵香说："我不怕。"娘又说："那你怕什么？"葵香说："娘啊，我还没有嫁给他呢。"娘愣了愣，说："谁说的你还没有嫁给他？人家都给你买衣裳了，你还没有嫁给他？一个姑娘家要守规矩呢。"

就跟着去了。任三篇在前面走，葵香在后边远远跟着。

小街子不远，如果走近路，就从家门口那条叫野树沟的峡谷下去，再爬上对面的山，就到了。

树都在发芽，叶子都在变绿。野山椿已经熟了，它们是从沟底长出来的，所以，它们葱茏的样子也长在整条山沟里，凑鼻子闻闻，满山满沟的香。桐花顺着沟边长，有一股油纸伞的气息，是葵香最喜欢的花了，所以，它们一下擦着她的脸，一下触着她的头发，她都不介意。细细看，其实每一朵桐花的蕊，都是丝丝红润的，一直红到花心里去。所以，葵香只要抬起头，即使是满眼满坡的白，也藏不住她心里涌起来的一朵一朵的鲜艳花朵。

还有核桃花，还有梨花，还有从花骨朵里拼命往外挤的山茶花……满满当当，让整个野树沟的阳光都变成了浓妆艳抹的精灵。

就连任三篇时不时回过头的笑，都变得好看起来了呢。

快到街子的时候，要绕过一面陡峭的崖。往下深深瞧一眼，都是一片一片危耸尖嶙的岩石，长了几千几万年的样子。葵香每次走到这儿，心都会颤一颤，不敢多停一步。

远远看去，今天那儿围了一群人，正在冲一辆吊车吼来吼去。凑近一看，知道有一辆车掉下去了。葵香就在心里叹一声，继续走。有什么办法呢？路太难走，这条歪歪扭扭的山路，还不是要一步一步、一辈人一辈人走。

后来，当任三篇在一家店铺里扯起一条红彤彤的裙子冲她晃的时候，不知道为什么，葵香就想起徐来开车的样子，他说："这是要开到天上去呀。"

八

她第二天就去了。

她想再去找一回徐来，去跟他说说自己的婚事，这样，就算给自己这荒荒草草的一生一个完整的交待了。

这样一想，就要哭。

可葵香忙不得哭，她正背着一箩筐樱桃呢，正忙着爬一个长长的坡。她想，徐来要是见到了这些红得透亮的樱桃，肯定只会哈哈笑呢。

灰街对面的工地宿舍一个人都没有，像是都约好了开会去，或者，像是都约好了去吃谁的喜酒。第一次，葵香从这里远远听到了隧道工地的声音，那是石头被一点一点凿开碎裂的声音吧，铲车轰鸣。

安静极了。葵香就一个人等，站在徐来的宿舍门口，大家都看出来了，那筐歇在一旁的樱桃，不是要在灰街上卖的。

很久，才有人朝她走过来。

是个魁梧的男人，蓝色的工作服紧紧绷在身上，人看上去很伤心。见到葵香，先是愣一下，便就几大步走过来，问："你找谁？"

葵香朝身后指了指。

那男人张着嘴，惊讶开来，半天才说："徐来？"葵香点点头。他又慢慢把嘴闭下来，慢慢往下撇，直到撇不动了，眉头才一下皱紧，说："徐来走了，昨天出的车祸，从悬崖上摔下去了。"

葵香像是没有听明白，还问呢，说："那，他走哪儿去了？"

那男人挑了挑他粗黑的眉毛，像是尽量理了理自己的表情，说："他死了。人没有抢救过来，停在县医院太平间呢。"说着说着，就冲四周的山仰起眼睛来，葵香看见了一张旷阔的脸和两行精细的泪。

后来，那男人狠狠叹了一声，朝葵香挥了挥手，说："走吧走吧，修隧道，这是经常的事，我们有准备。"又扯了扯他凌乱的头发，像是心在轻轻疼，说："只不过，太年轻，技术员，优秀呀，可惜了。"

葵香背着那筐樱桃，挤上了去县城的车。司机问她去哪里，她指指前面的方向。又说买票，去县城十五块。她摸摸口袋，想了想，指指放在脚边的樱桃。司机"哼"了一声，一脚油门，葵香被晃得东倒西歪。

那么，就是那个崖了，昨天，她跟在任三篇的后面，去买衣裳。那么，就是那个崖上掉下去的那辆车了，很多人围着，吊车正在把长长的缆绳伸下去，她都没有多看一眼。

那么，徐来也没有多看她一眼啊，葵香后悔得要死。也就是说，他们再也没有机会让谁去多看谁一眼了，一个人死了，也就让另一个人再也看不见了。

葵香哭起来，颠簸，车一路走，眼泪一路磕磕绊绊流。

人家不让进。说是太平间，说不出个所以然来，是不准随便进进出出的，又不是赶街子。葵香也不敢，一个小姑娘，哪见过死人的时候啊。

她转身要走。

却只三四步，还没有走出自己留在脚边的影子，又慌忙站住，天突然晕眩起来，突然感觉自己的心被一双手死死往外扯，往外掏。

她伸手使劲去捂，发觉根本捂不住，只来得及转过身，背过人，就冲墙角的一棵树，"哇啦哇啦"吐起来。

是要把所有的眼泪都吐出来呢，是要把所有的惊慌都吐出来呢。

人就轻了，脚就软了，除了用眼睛去探，一步都走不动了。

就同她的樱桃一起，死死守在那儿。

有一阵饿了，葵香就抓一把樱桃往嘴里塞，一股酸涩的甜立时涌来，仿佛要重新去填满她空空洞洞的心。

于是，眼泪又出来了，像一潭清汪汪山上淌出来的水。

夜晚就在那一股一股酸涩的甜中一点一点亮起来。葵香没有想到，县城的灯火可以这么亮，亮得让月亮和星星都找不到落脚的地方，她一点都不害怕了。

天刚刚亮，那个在工地宿舍遇到过的魁梧的男人就来了，还是穿着那身蓝色的工作服，胡子拉碴，悲伤让他的下巴变得又坚硬又唬人，带着一股逼人的火气。

葵香又抓起一把樱桃，那个男人朝她这边斜瞪了一眼，又吓得丢开。想想，又挑了几个最大的，汁红液饱，鲜鲜亮亮，一小捧捧着，朝他跑过去。

那男人见了她，很惊讶，说："小姑娘……"葵香就捧上去，说："我想请你，请你放在他身边。"

他问："谁？"她说："徐来。"

他追着她的背影，直到声嘶力竭，喊："小姑娘，小姑娘你听我说……"

下午，任三篇拿着那条红彤彤的裙子，要看葵香穿。他从一个塑料袋里一把就拎了出来，扔在葵香的床铺上，像是把葵香一把拎起来扔在床铺上，兴奋得很，喊，说："葵香快来葵香快来，保准好看保准好看，好看得很呀。"

他莫名其妙的兴奋让葵香莫名其妙就恼起来，背过身扭过脖子，不想说话。任三篇不知道，还是兴奋，又一把从床铺上抓起裙子，放在葵香身上，说："葵香葵香，你穿起来看看穿起来看看，到结婚那天，周围团转，保管没有哪个敢跟你比。"

葵香更怄，扯过裙子就往地上扔。任三篇一把捞起来，这才发觉了，"咦"了一声，拿着葵香一点一点瞧起来。

狐疑一阵，任三篇说："咦，葵香我看你好像是在哭，哪个欺负你，哪个敢欺负你？"

葵香避开他，眼睛里清清白白的，使劲摇头。

任三篇又拿着裙子看看，就站在一旁，不知道了。很久，才叹了一声，干脆一屁股蹲门边，一声一声叹起来。葵香不忍，说：“徐来死了。”

任三篇回过头，像是吓着，问：“谁死了？怎么动不动又说到死了？”葵香说：“徐来死了。就是昨天滚下崖子的那辆车。”任三篇“啊”了一声，说：“你是说工程队的那个小伙啊，我也听说了。怪可惜的，人那么年轻，又有本事，再说了，人家是来帮我们修高铁的，不应该呀。”任三篇说着说着站起来，说：“葵香，我们该记住人家的好，你说对不对？”

葵香慢慢惊讶起来，睁着她一双黑亮黑亮的大眼睛，好像更是吓着，拿任三篇看。看啊看，像是这样，就把他看到心里去了。

葵香说：“你站远点，我穿。”

她端起脸盆，去水缸里舀了几瓢水。她想洗洗，把自己汗津津的身子好好擦擦。她想把自己的脸埋进那盆清亮的水里，她想，等她的脸从水里出来的时候，她就穿上了。

红裙子很合身，葵香还擦了胭脂，还抹了口红，还盘了头发，把自己打扮得像个天使。任三篇重新兴奋起来，追着她喊：“葵香，葵香你天生就是该嫁给我的。”

她爬上了山坡。起风了，她仿佛就是迎着那些风去的，满山满坡的花在眼里一浪一浪翻腾不息，她仿佛就是迎着那些花去的。刚刚翻过的地，大块大块红得让人喘不过气来，它们是在等着春天的第一场雨呢，它们是在等着葵香一脚踏上去呢。

有一头牛，见了她的红裙子，冲她奔了几步，看清是葵香，好像认识，就低了头，叫了两声。

接着，一山的鸟都叫了起来。

九

三年后，葵香坐上了同任三篇一起出门的高铁。火车钻进那条隧道时，车厢黑了一下，葵香猛一头站起，泪水从她的脸上“哗哗”驶过。

完

图书在版编目（ＣＩＰ）数据

入乡问山录 : 群山匍匐 / 窦红宇著. -- 昆明 : 云南美术出版社, 2024.5
ISBN 978-7-5489-5524-5

Ⅰ. ①入… Ⅱ. ①窦… Ⅲ. ①小说集－中国－当代 Ⅳ. ①I247

中国国家版本馆CIP数据核字(2024)第098280号

责任编辑：张 蓉 张湘柱
责任校对：赵 婧 魏于清 肖 红
统　　筹：邹 滢
装帧设计：长策文化

入乡问山录 ——群山匍匐

窦红宇 著

出版发行 云南美术出版社（昆明市环城西路 609 号）
印　　刷 昆明亮彩印务有限公司
开　　本 787mm × 1092mm 1 / 16
印　　张 12.5
字　　数 160 千字
版　　次 2024 年 5 月第 1 版
印　　次 2024 年 8 月第 1 次印刷
书　　号 ISBN 978-7-5489-5524-5
定　　价 58.00 元